堂々と老いる

田原総一朗

毎日新聞出版

はじめに

僕はこれまで200冊以上の書籍を執筆してきたが、「老い」について真っ向から取り組んだのは、実はこれが初めてだ。

僕の本を何冊か担当してくれている編集者から、「田原さん、そろそろ『老い』に関する本を書かれてはいかがですか」と提案されたことをきっかけに、ここらで一度、自身の「老い」と向き合ってみようと思った次第だ。

87歳にしての初挑戦、なかなかいいじゃないか。

ただし、これまで僕が執筆してきた書籍とはテーマがだいぶ違う。

政治や経済、国際情勢、AI革命など、社会の事象に関してはいくらでも興味が湧いてくるが、「老い」というテーマで、しかも自分自身の話となると、どこから手をつければいいのやら。

一人で考えていても仕方がないので、まずは、自分の目で確かめることにした。

リサーチのため複数の書店に出かけてみると、どこに行っても、「老いの生き方エッセイ」のコーナーが設けられていた。なるほど、「老い」というのは一般の読者にとって大きな関心ごとのひとつなのだと理解した。

果たして人はエッセイに何を求めているのか。さっそく、僕もベストセラーになっている何冊かを選んで読んでみた。

いやはや、どれも興味深い。「知の巨人」と評される立命館アジア太平洋大学学長の出口治明さんや元外交官の佐藤優さんは、還暦後の人生を豊かにするのは教養であると語り、佐藤愛子さん、樋口恵子さん、下重暁子さんら女性陣は老後を楽しく自分らしく生きるための術をわかりやすく説いている。

印象に残った記述はいくつもあるが、なかでも強烈だったのは佐藤愛子さんだ。佐藤さんは著書『九十八歳。戦いやまず日は暮れず』（小学館）のなかで、こう述べている。「前向きに生きるコツを教えてください」と聞かれ、「もう前向きもヘッタクレもあるかいな」と思われたそうだ。さらに、ご自身の執筆活動については、泳ぐのをやめると死んでしまうマグロになぞらえ、なにゆえ書くのか、いつまで書くのか考えないわけではないが、わからないから考えない、とも書かれている。実にあけすけで潔い。男性はどうしても建前を大事にするから、ここまでズバズバと本音を言うことは怖くてできない。

翻《ひるがえ》って、僕はどうか。僕自身も周囲から、「いつも前向きだ」というありがたい評価をいただくことがある。僕が前向きでいられる理由はただひとつ。好きなことだけをしているからだ。僕にとって唯一の趣味といえるのが人と話すことで、幸運にもそれが仕事につながっている。だからこの年になっても仕事をするのは少しも苦ではなく、むしろ挑戦意欲は年々高まっている。こうなったら、死ぬ間際まで現役でいようじゃないかと。

ただし、それには心身ともに健康でいることが絶対条件だ。

本文で詳述しているが、僕は還暦の年に大病を患い、生きる気力をなくしてしまったことがある。また、妻に先立たれたときは底なしの喪失感を味わい、立っていられないほど憔悴《しょうすい》した。

読者のなかには、おそらく僕と同じような経験をした人もいるだろう。

ひょっとしたら、孤独や苦悩から抜け出せない人もいるかもしれない。

「老い」を受け入れるのは容易なことではない。思うように体が動かないことも増えるし、つらい別れも経験しなければならない。それでも生きている限りは健康に留意しながら、面白いと感じられることを見つけていこうではないか。

本書は「老い」に対する心構えについて、僕自身の体験をもとに、同年代の友人の意見なども交えながらまとめてみた。健康維持のための日課に始まり、脳の活性化のために僕が実践している方法、リタイア後の社会とのつながり方の提案なども紹介している。本書が後半生を迎え、不安や迷いを抱いている人たちが堂々と生きるための一助になれば幸いだ。

堂々と老いる●目次

第1章　「老い」は悪いことばかりじゃない

第2章 よく寝て食べて健やかに老いる

第3章　年をとっても、脳は使えば使うほど活性化する

第4章 いくつになっても生きがいは見つけられる

第5章 家族とのほどよい関係の保ち方

第1章

「老い」は悪いことばかりじゃない

長生きはできないと思っていた

2021年4月15日、僕は87歳になった。

しかし、実を言うと、こんなに長く生きられるとは思っていなかった。

というのも、僕は幼い頃から病弱で、両親が言うには、肺炎で何度も死にかけたそうだ。大学時代には十二指腸潰瘍を患い入院。その後、会社員時代、フリーランス時代に2度同じ病気を経験している。

決して頑強とはいえない自分が長生きするなど、当時は想像だにできなかった。80歳を過ぎても、こうして現役ジャーナリストとして活動できていることには感謝しかない。87歳で仕事を続けられている秘訣は何かとたずねられたら、「老い」を受け入れることだと答える。その思いは年々強まっている。

「受け入れること」は「諦めること」ではない。

年をとればとっただけ、体のあちこちに不具合が生じるのは避けられない。年だから仕方ないと諦めてしまえばそこで終わってしまうが、それらの不具合を受け入れたうえで自分にできることを探せば、年をとったなりの充実した人生が歩めるのではないか。僕はそう考えている。

若者に無理に合わせようとしたり、「年寄りだから」と卑屈になったりせず、年齢なりの変化を堂々と受け入れるにはどうすべきか。本書では、僕なりの「老い」との向き合い方について述べる。

まず、これまでの仕事人生を振り返ってみたい。今思えばずいぶんとムチャなことをしてきたものだ。

大学卒業後、僕はいくつかの職を経たあと、東京12チャンネル（現・テレビ東京）に就職した。今でこそ、テレビ東京は大学生が入社したいテレビ局ナンバーワンなどといわれているが、僕が入社した当時は、「テレビ番外地」と呼ばれ、誰からも注目されない三流局とみなされていた。

製作費もほかのテレビ局に比べたら3分の1にも満たない。しかし、これがかえってよかった。予算が少ないことを逆手にとり、ゲリラ的な番組づくりができたからだ。右翼、全共闘、フーテン、セックスと、大手のテレビ局が考えもしない過激なテーマにどんどん挑戦した。オンエアすれば、警察に目をつけられるような、いわゆる「ヤバい」番組ばかりつくっていた。

実際に逮捕されたこともある。

新宿駅で寝泊まりしていたヒッピー（アメリカの反体制運動から生まれた自由な生活を目指す人々）たちが交番を襲撃する場面を待ち伏せして撮影していたら、警察署に連行されてしまった。それでも番組は無事放送された。

「面白い番組をつくりたい」という僕の暴走を上司は認めてくれていたようで、クビにもならず自由にやらせてもらっていた。

新しい番組の企画はどんどん提案し、スポンサーも自分で探す。このときの経験が「朝まで生テレビ！」（テレビ朝日系）をはじめ、さまざまな番組づくりをする際に役立っている。

当時僕は、番組の制作と並行して雑誌に記事を書くアルバイトをしていた。

1974年9月、原子力船「むつ」が放射能漏れトラブルを起こしたことに端を発し、原発推進派と反対派の衝突が勃発した。これはぜひ取材したいと思った。そこで、筑摩書房の「展望」という雑誌に「原子力戦争」という連載記事を書いていたのだが、これがテレビ東京の大スポンサー、電通の逆鱗に触れてしまった。連載をやめない限りテレビ東京には広告を出さない、そう通達してきたのだ。

電通にそっぽを向かれたら、テレビ東京はひとたまりもない。会社は僕に連載の打ち切りを求めてきた。僕が態度を決めずにいると、上司である部長と局長に謹慎処分が出た。

「連載をやめるか、会社を辞めるか、どちらかひとつを選べ」、そう迫られた僕は会社を辞めるほうを選んだ。42歳のときだった。

フリーランスになった途端、謎の症状に襲われる

テレビ東京を退社しフリーランスになった年、僕は思いもよらない体の異常に見舞われた。ある朝、目が覚めたら、突然新聞の記事が読めなくなったのだ。

一文字ずつは読めるのだが、単語になるとわからない。

例えば、「総裁選挙」という単語があったとしよう。「総」や「裁」という文字の一つひとつは読めても、それが「総裁選挙」という単語に結びつかず、どういう意味なのかがわからない。だから、新聞に載っている文章がまるで理解できず、内容が頭に入ってこないのだ。

新聞だけではなかった。本棚に並んでいる本の背表紙も読めない。

わけがわからないまま外に出てみたら、看板の文字も同様だった。まったく単語として認識することができない。さらに、自分の書く文字も流れるように見えてしまうので、とても文章にすることができない。

一体自分の身に何が起こっているのか……。まるで頭をハンマーで殴られたような衝撃だった。

怖くて病院には行けなかった。

なぜなら、フリーのジャーナリストとしての仕事が軌道に乗りかかっていた矢先、こんな奇妙な病気に襲われたことが世間に知れたら、依頼が来なくなってしまうと思ったからだ。

なんとかして隠さなければいけないと思い、知人に口述筆記してもらったり、取材済みの音源をもとに代筆してもらったりして乗り切ることにした。

しかし、取材済みの材料が尽きたらもう打つ手はない、僕は廃業も覚悟した。

ところが、2カ月が過ぎた頃から、症状が少しずつ和らぎはじめた。どうにか文字が読めるようになり、文章も書けるようになった。

この異常な症状が出てから治るまでの約2カ月の間、一度も病院には行っていないので、原因は今もわからずじまいだが、当時を振り返ると、われながら相当無理をしていたようだ。

そのときすでにいくつかの雑誌に連載を持っていた。「文藝春秋」「中央公論」「潮」などの月刊誌で次から次へと記事を書き、締め切り間際には徹夜が続くことも珍しくなかった。フリーになったばかりで、仕事を軌道に乗せようと必死だったのだ。今思えば、肉体的にも精神的にもかなり追い詰められていたに違いない。

以来、執筆の仕事はある程度セーブし、徹夜仕事は極力避けるようにした。しかし、十二指腸潰瘍で何度かつらい思いをしたうえに、原因不明の奇妙な症状に襲われ、おそらく自分は長生きできない、還暦まで生きられればいいほうだろう、あの頃の僕はそんなふうに考えていた。

還暦を迎え、鬱状態に陥った

寿命がくると覚悟していた還暦の年のことである。突然、消化器系が正常に機能しなくなった。

きっかけは、あるチャリティーイベントでオーケストラの指揮を頼まれたことだ。ある作曲家の方が声をかけてくれて、高野孟《はじめ》さんをはじめとしたジャーナリスト仲間も集まると聞き参加することにしたのだが、まさか指揮を任されるとは思わなかった。なにしろ僕は音楽がからきしダメで、歌は演歌くらいしか知らないし、カラオケもやったことがない。オーケストラの指揮などできるはずがなかったのだ。

だが、受けてしまった以上は、やるしかない。

プロの指導のもと、タクトを振る練習を始めたのだが、途端に消化器系に異常が生じた。便が一切出なくなってしまったのである。

まさか指揮の真似ごとをしたくらいで病気になるとは想像もできず、自分の体に何か大変なことが起こっているに違いないと思った。

事情を話して指揮は辞退し、かかりつけ医が紹介してくれた病院に入院。そこで検査を受けたものの、症状は一向に改善されなかった。もしや医師はがんを疑っているのではないか……、悪い想像だけがふくらんでいった。

当時、「朝まで生テレビ!」と「サンデープロジェクト」(テレビ朝日系)で司会を務めていたため、収録がある日は、病院からスタジオに通った。スポーツ紙には「激ヤセ　田原総一朗はガン?」と書き立てられ、不安は増すばかりだった。

結局1カ月半入院して検査をした結果、がんではないことが判明したが、不調の原因はわからずじまいで病名もつかなかった。

その後、ある大学病院で診てもらったところ、自律神経失調症だという診断が下された。診断は出たものの、薬を飲んでも一向に症状は改善しない。退院後も体調不良のままで、しばらくは鬱《うつ》のような状態が続いていた。

精神的に参ってしまい、あろうことか、「死にたい」などという考えが浮かぶこともあったほどだ。夜も眠れず、余計なことばかり考えていた。

大病をして初めて考えた「生きる意味」

鬱々とした僕の様子を見かねた知り合いの医師が紹介してくれたのが、東洋医学の治療院だった。すがるような思いで治療院を訪れた僕は、そこで歯の噛み合わせの悪さを指摘された。先生は、どうやらそれが自律神経失調症の原因のひとつではないかと言うのだ。まさか歯の噛み合わせが体の不調に影響しているとは夢にも思わず、驚くばかりだったが、医師の勧めに従い歯科医で治療をしてもらったら、症状は徐々に快方に向かっていった。

さらに、治療院での指圧の効果もあり、少しずつ不安が解消されていくのを感じることができた。

人間の自律神経は体が活発に動いているときに働く交感神経と、心身がリラックスしているときに働く副交感神経から成り立っている。このふたつがバランスをとりながら体温や血圧、内臓の働きなどをコントロールしているという。還暦を迎えた頃の僕は、今以上にテレビ出演や講演など緊張を強いられる仕事に追われていたため、交感神経の優位な状態が長く続き、自律神経のバランスを崩していたのだった。

思えば、フリーになった途端に奇妙な症状に襲われたときから、きっと僕は自律神経系に不具合を抱え続けていたのだろう。治療院で指摘された歯の噛み合わせを改善し、さらに定期的に指圧を受けることで、ようやく回復に向かうことができたのだ。

この一連の入院騒動を経て、考えたことがある。それは「生きる」とは何か、ということだ。死を意識したことも影響しているのかもしれないが、自分は一体なんのために生きるのか、そもそも「生きる」とはどういうことなのか……。僕の頭のなかはこの問いでいっぱいになった。

答えを探すため、哲学や宗教関連の本も何冊も読んだが、答えは得られなかった。あれこれ考えた末にたどり着いた答えが、「生きる」とは、その意味を確かめることではないかというものだった。

あれから30年近く経つが、その思いは今も変わらない。常に生きる意味を確かめようと努力しているが、まだ確かめられてはいない。この先もずっと、僕は生きる意味を確かめながら過ごしていくのだと思っている。

腸壁が破れ大出血

東洋医学の先生の施術のおかげで自律神経失調症はおさまったものの、消化器系に対する不安は続いていた。

入院騒動からしばらくしてからのことだ。今度は腸壁が破れ、大量に出血してしまった。クリップで止血してもらい、幸い大事には至らなかったが、処置をしてくれた医師から、今後は便を溜めないほうがいいと言われ、以来、神経質なほど便秘には気をつけるようになった。1日でも出ないと心配でたまらず、下剤を飲んで無理にでも出すほどだった。

ところが、ある日、また便が出なくなってしまったのだ。

東日本大震災から数年後、取材で福島を訪れた際のことだった。僕の仕事をサポートしてくれている娘は2、3日出なくても大丈夫と言うのだが、僕はまた出血するのではないかと心配で心配で、もういてもたってもいられなかった。何とかしなければと焦る気持ちで思い出したのが、順天堂大学医学部附属順天堂医院(順天堂医院)の小林弘幸先生の存在だった。

その少し前、娘が宝塚ファンだったことが縁で女優の鳳蘭《おおとりらん》さんと会食する機会があり、僕が消化器系にトラブルを抱えて困っていることを気にかけてくれた鳳さんが知り合いの医師を紹介してくれたのだ。それが順天堂医院で便秘を専門に診療をされている小林弘幸先生だった。以来、何度か食事をご一緒する仲になっていた。

福島からの帰りの新幹線のなかで慌てて小林先生に電話し、その足で順天堂医院に直行。検査をしてもらったところ、便通の乱れには心理的な不安が大きく関係しているとの診断を受けた。薬を出してもらい、「今後は自律神経と腸の治療を並行してやっていきましょう」という小林先生の言葉でようやく安心することができた。以来、腸に少しでも不調を感じたら、すぐに小林先生に相談するようにしている。

面白ければ疲れなど感じない

自律神経と腸の不調には長年悩まされてきたが、東洋医学の施術と小林先生の治療のおかげで、87歳になった今も、どうにか元気で過ごし、そのうえ仕事も続けていられる。実にラッキーなことだと思っている。

毎月1回、司会を務めている「朝まで生テレビ！」は1987年の放送開始からすでに34年が過ぎた。53歳だったスタート当初と変わらず、今も徹夜で議論を続けているが、途中でエネルギー切れが起きないよう、本番を迎える日は必ず仮眠をとるようにしている。

まず、昼食後、午後1時ごろから4時間ほど昼寝をする。年をとるとなかなか寝つけないこともあるが、たとえ眠れなくても絶対に起き上がらないようにしている。意地でも目を瞑《つむ》り横になっているのだ。

夕方5時ごろに目が覚めたら、テレビ局が用意してくれたホテルに入り夕食。その後、台本に目を通しその日の構成を念入りにチェックし、再度1時間半くらい仮眠をとる。夜11時半ごろにテレビ局に到着し、最後の打ち合わせを経ていよいよ本番に臨む。

仮眠がうまくとれなくても、本番中に眠気を感じたり、なかなかエンジンがかからなかったりするなんてことは一切ない。なにしろ本番は面白いので、集中力が途切れることなく議論できるのだ。

本番ではＣＭに入るタイミングなどフロアディレクターが出す指示を見逃さないようにしないといけないし、ＣＭ中はプロデューサーやディレクターが僕のところに来て、「さっきの発言はよくなかった」「次はこうしましょう」などと打ち合わせをするので、それに臨機応変に対応する必要があり、気を抜いているヒマなどないのだ。

「朝まで生テレビ!」には実に多くの批判が寄せられる。たいていの番組は、できるだけ批判されないよう気をつけるのかもしれない。しかし、「朝まで生テレビ!」では、無視されるより批判がくるほうがはるかにいいとプロデューサーは考えている。僕も批判が来ても怯《ひる》まない、むしろ批判は視聴者からの叱咤激励だととらえている。

本番が終わったあと、出演者や番組スタッフたちはテレビ局に残って反省会をしているが、僕はそこには参加せず、お疲れさまの挨拶をして引き上げている。なぜなら、僕がそこに入るとまた論争が始まってしまうからだ。以前はそれも楽しかったが、今はおとなしく帰ることにしている。

これが「朝まで生テレビ!」がある月末の金曜日の過ごし方だ。

では、土曜日はのんびりしているのかというと、実はそうではない。なぜなら毎週土曜日の夕方、もうひとつのレギュラー番組「激論！クロスファイア」（BS朝日）の収録があるからだ。

よくまわりから、「年をとって徹夜は体によくないのでは」「そんなに仕事をして疲れませんか？」と聞かれるが、仕事が面白いから、疲れなんてまったく感じない。むしろ、ヒマで時間を持て余していたらかえって具合が悪くなってしまう。たとえ疲れたとしても、面白ければそれでいいのだ。

滑舌の悪さをプラスにとらえる

とはいえ、80歳を過ぎれば、いやでも「老い」を実感させられることが増えてきた。気持ちのうえでは30代、40代のままでも、肉体は確実に老化している。体が思い通りに動いてくれないこともしばしばで、滑舌も悪くなっていく。

「田原さんのしゃべっていることはわかりにくい」

いつごろからか、番組のプロデューサーやディレクターからそう言われるようになった。ネット上でも同様の声が増えていることは知っている。

「田原総一朗はMC（司会）を務めるには歳をとりすぎた。耳も遠いし、絶望的に滑舌が悪くなっている」

「田原総一朗、滑舌悪くて何言ってるかわからない」

とまあ、ネットの意見はなかなか辛辣だが、それも正直な感想だと受け止めている。ただ、こうした声を聞くと、滑舌が悪くなっていることを嫌でも実感させられる。

テレビ番組で司会を務めてはいるが、もともと僕はアナウンサーでもしゃべりのプロでもないので、正直なところ話すのはうまくない。以前から話すことは僕にとってコンプレックスだったのだ。

年を重ね、自分の滑舌が悪くなっていることを意識して以来、なるべくゆっくくり、そして、できるだけわかりやすい言葉でしゃべるよう心がけている。

しかし、「朝まで生テレビ!」でも「激論!クロスファイア」でも、議論が盛り上がってくると、ついつい前のめりになってしまい、僕の言っていることが出演者や視聴者に伝わらなくなってしまうことも少なくない。

本来であれば、発声練習をするなどして滑舌をよくすることを心がけるべきなのだろうが、僕は自分の武器は別にあると考えている。

それが一次取材で確かな情報を得ることだ。

以前から僕は、情報を得る手段として一次取材を貫いてきた。政治なら総理大臣や幹事長といった中心にいる人物からフェイス・トゥ・フェイスで話を聞き出すことで、視聴者が納得できる情報を届けることをモットーにしてきた。

間接取材では見えてこない物事の本質に迫るには、一次取材で情報を得るべきだ。ジャーナリストとして仕事を始めて以来、僕はその主義を変えたことはない。

ありがたいことに、番組のプロデューサーは僕のそうした姿勢を認めてくれている。そのうえで、年をとれば滑舌が悪くなったり、耳が遠くなったりするのは当然のことだと受け止めてくれているようだ。今後、日本はますます高齢化が進むだろう。そうした社会にあって、僕のような高齢者が働くのは自然な姿だということを番組で伝えようとしているのかもしれない。

僕は疲れてくると口の動きが悪くなり、それをなんとかしようとすると、「くちゃくちゃ」という音が出て、マイクがその音を拾ってしまうのだが、それも問題ないと言う。むしろ、「えっ？　今なんて言ったの？」と、何度もしつこく聞き返しながら番組を進行させようとする姿を見て、視聴者は勇気づけられる。年をとっても情熱を持っていれば仕事はできるというメッセージになると言うのだ。

ただし、人の話を聞かずに割って入り、思い込みで話してしまうと会話が嚙み合わなくなってしまう。そうなると、「年をとって仕事をするのは、やっぱり難しいんだな」と視聴者が思ってしまうので、相手の話はきちんと最後まで聞いてくださいと番組プロデューサーからは常々言われている。

「朝まで生テレビ！」でもパネリストの発言に割って入り、勢い込んでしゃべっていたら、国際政治学者の三浦瑠麗さんに「田原さん、独演会になっている」とたしなめられてしまったことがある。どうも年をとると気が短くなってしまい、思ったことはすぐ言いたくなってしまうようだ。プロデューサーの意見も三浦さんの注意も耳の痛いことだが、肝に銘じておきたい。

生放送中に言葉が出てこない

「朝まで生テレビ！」の放送が始まった当時は、今は亡き映画監督の大島渚さんや作家の野坂昭如さんら、僕より年上の個性的なパネリストが大勢出演していたが、今は僕が最年長になった。だからと言って、僕が一番老け込んでいるわけにはいかないが、滑舌同様、年相応の衰えは避けられない。

パネリストの話は聞き逃さないようにしているが、いざ、自分が発言する段になって、すぐに言葉が出てこないことがある。「えーっと」「ほら、あれあれ」「なんだっけ……」と、頭の中では浮かんでいることが、どうしても言葉にならないのだ。

歴史上の人物の名前がすっと出てこないこともある。番組の中で太平洋戦争の話をしていて、当時の総理大臣である東條英機の名前がどうしても出てこないこともあった。もう何百回も口にしているのに、ふと度忘れしてしまい、そうなるともう、なかなか思い出せない。

さらに、人の名前を忘れることもしょっちゅうだ。極端なことを言えば、今しゃべっている相手の名前を忘れてしまうこともあるぐらいだ。

自分でも年をとったなと思い、多少はショックでもある。

ただ、思い出せないものは仕方ない。だから無駄な抵抗はせず、「ごめんなさい、ちょっと度忘れしちゃったんだけど」と言ってまわりにいる誰かに聞く。あまり気にせず、年齢を重ねればそういうこともあるだろう、くらいの気持ちで受け止めるようにしている。

「朝まで生テレビ！」は、若手の論客にもどんどん出演してもらっている。すると、新しい常識や概念が次々と登場し僕にはわからない用語もたくさん出てくる。

そんなときはわかったフリをせず、「言っていることがわからないんだけど」と聞くようにしている。もちろん、その後、自分でも取材をしたり調べたりすることも欠かさない。

「朝まで生テレビ！」は、僕にとって新しいことを学ぶ場にもなっているのだ。

物忘れは脳を鍛えるチャンス

80歳を過ぎれば記憶力が低下していくのは当たり前のことで、最近物忘れが増えたと同年代の友人たちに話すと、皆同意してくれる。誰もが同じ悩みを抱えているのだ。

物忘れは仕方ないとして、大事なのはそれをどうカバーするかだ。

僕は物忘れこそ、脳を鍛えるチャンスだととらえている。なぜなら、物忘れをそのままにしたら、記憶はそこで完全に途切れてしまう。しかし、思い出そうと努力すれば、記憶を整理する脳の回路を鍛えることになり、結果として物忘れを防止することにつながっていくからだ。

だから僕は、物忘れがあったとしても必ず思い出すようにしているし、どうしても思い出せないことは辞書や本で調べ直す。そうすれば改めて覚えることができるし、調べものをする過程で、新しい興味が湧いてくることもある。

例えば、先に話した太平洋戦争開戦時の総理大臣の名前が思い出せず、辞書で調べたとしよう。「東條英機」という名前はすぐに見つかるはずだが、それで満足していてはもったいない。

東條は昭和日本における代表的な戦争指導者であるが、一方では無能な独裁者との見方もある。彼の果たした役割についてはさまざまな評伝が出ているので、改めてそれらに目を通してみるのもいいだろう。なにしろ調べる時間はいくらでもある。興味のあることに自由に没頭できるのも、我々高齢者の特権なのだ。

繰り返し言うが、思い出せないことは何度でも調べればいい。調べるたびに脳の回路が鍛えられ、記憶をしっかりと脳内に格納することができるのだ。

インタビューを受けていると、聞き手の方から「田原さんは、歴史上の出来事や、細かい数字を正確に覚えていて頭が下がります」などと、ありがたい言葉をいただくことがあるが、それは覚えたことを何度も繰り返してしゃべっているせいだと思う。しゃべるたびに記憶が定着し、脳というハードディスクに保存されていくのだ。

補聴器をつけたら怒らなくなった

足腰が弱くなる、人の名前が出てこないなど、自分で気づく「老い」もあれば、周囲から指摘されるまで気づかない「老い」もある。知らず知らずのうちに耳が遠くなるというのも、そのひとつだろう。

加齢により耳が遠くなることを「加齢性難聴」というそうだ。

実は60代後半では3人にひとり、75歳を超えると7割以上がこの加齢性難聴の状態にあると聞く。ところが、本人にはその自覚がなく、まわりから指摘されてようやく気づくパターンも多いという。

僕自身を振り返ってみても同じことがいえる。

自分では耳が遠くなったという自覚がないまま過ごしていたが、家族から「テレビの音が大きい」「何度も聞き返す」とたびたび言われるようになった。加えて、「朝まで生テレビ！」の本番中、「え？」「何？」と聞き返すことが多くなったとスタッフや共演者から指摘され、実は相手の話をうまく聞き取れていなかったのだと自覚した。

２０１７年のことだ。メディアに関わる人たちと「共謀罪」法案の反対声明を出すことになり、その場で一緒になった鳥越俊太郎さんが僕に、「田原さん、聴き取りにくそうだから補聴器つけたらどうですか」と勧めてくれたのだ。「ジャーナリストなんだから、相手の話はちゃんと聴けたほうが絶対にいいですよ」と言う。

そう言われれば、確かにその通りなのだが、そのときはどうしても抵抗感があり、鳥越さんのせっかくのアドバイスにも素直にうなずけなかった。

抵抗したのには理由がある。補聴器をつけると年寄りに見られるのが嫌だ、ということではなく、なんとなく面倒くさそうだったからだ。

僕はものすごく不器用なので、うまくつけられるかどうか自信がなかった。なにせ今の補聴器はどんどん小型化が進んでいる。耳の穴にすっぽり収まるくらい小さい。それを毎日つけるのが億劫に思えて、ずっと先延ばしにしていた。

とはいえ、家族に注意されている分には多少聞き流していてもいいが、仕事に支障をきたすのは本意ではない。あまり何度も聞き返していては、番組進行にも不都合が生じると思い、とりあえず片方の耳だけつけることにした。

しかし、聞こえ方にそれほど大きな変化は感じられなかった。あとで知ったことだが、片方の耳だけつけてもあまり効果は望めないらしい。聞こえ方は両方つけた場合の3分の1程度だそうだ。

片方でも両方でもつける手間は一緒だと割り切り、今は両耳つけている。周囲からは、明らかに反応がよくなったと言われるし、家族によれば、怒りっぽくなくなったそうだ。

自分では意識していなかったが、耳が聞こえないことは相当なストレスになっていたらしい。うまく聞き取れないことに、自分でも知らず知らずのうちにイライラしていたのだろう。おそらく打ち合わせの場でも怒りっぽかったに違いない。スタッフには申し訳ないことをしたと反省している。

もし、僕のように、聞き返すことが多くなったと気づいたり、家族から怒りっぽくなったと指摘されたりしたら、耳が遠くなったことを自覚すべきだ。

疲れを感じたら、無理せずすぐ横になる

以前は当たり前にできていたことができなくなるという経験は、加齢とともに増えていく。僕の場合、75歳を過ぎたあたりから、本を読んでいて、途中から疲れて読めなくなることが増えてきた。

新聞や本、それから仕事の資料と、とにかく僕には読むものが多い。もちろん

趣味で読む本もあり、以前は疲れを感じることなど皆無で、時間を忘れるほど夢中でそれらを読んでいたものだ。

しかし、今はその体力がなくなってしまった。いささかショックを感じないでもないが、嘆いていても仕方がない。

目が文字を追えなくなる、頭がぼんやりしてくる、読むのが面倒になる、そんなとき、僕は無駄な抵抗をせず、15分でも30分でも目を閉じて横になることに決めた。そのまま短い昼寝をすることもある。

実は、この15分から30分の昼寝が疲労回復にとても効果を発揮する。

疲れてくると体内に発生する活性酸素が細胞を傷つけ、疲労因子を生み出すそうだ。しかし、短い時間でも昼寝をすると疲労回復因子がつくられ、疲れを取り除いてくれるという。眠らなくても、目を閉じて視覚情報をシャットアウトするだけでも、脳を休ませる効果があるようだ。

米グーグル本社では、昼寝を仕事の効率アップに活用しようと社内に睡眠マシンを設置しているというし、日本でも昼寝を推奨する会社が増えていると聞く。

わずかな時間でも昼寝をしたらスッキリした、という経験を持つ人も多いだろう。「年だから集中力がもたなくなった……」などと悲観する必要はない。昼寝をして脳を活性化させればいいだけのことだ。

「能天気」のススメ

もうずいぶん前になるが、「三世紀会」という集まりを取材したことがある。三世紀会というのは、文字通り、19世紀、20世紀、21世紀と3つの世紀を生きることを目指した会で、会長を務めていた1896年生まれの岸信介さんをはじめ、彼と同年代の財界人や言論人など錚々《そうそう》たるメンバーが集まっていた。

彼らに「長生きするために気をつけていることは何か」と問うたところ、3つあるとの答えが返ってきた。

それが「つきあいを悪くする」「悩まない」「肉を食う」だ。

「つきあいを悪くする」とは、パーティーなどの出席はほどほどにし、気の進まない飲み会に無理してつきあったりしないということ。

「悩まない」は言葉どおり、済んでしまったことをくよくよ悩んで引きずったりしない。皆、それなりの地位にいる人ばかりだから、自分の発言や行動には責任を持ち、目の前のことには真剣に取り組むが、その場を離れたら全部忘れる。決して悩まないという働き方を実践されていた。

最後は「肉を食う」。確かに、元気な高齢者は肉を食べている。2018年に92歳で亡くなった自民党の元衆議院議員の野中広務さんと会食をしたことがあるが、当時88歳だった彼は、豪快に肉をもりもり食べていた。

僕は肉が好きではないので、3つ目の訓《おし》えは実践できないが、ほかのふたつは今も実践している。

まず、「つきあいを悪くする」だが、僕は人に会うのが好きなので、国会議員のパーティーなどに顔を出したり、飲み会に参加したりすることも多い。ただし、酒を飲まないので、それほど長居はしない。そういう意味では「つきあいを悪くする」は、そこそこ実践できているはずだ。

そして、「悩まない」。実はこれが一番大事なのではないかと僕は思っている。とくに高齢者にはそうあってほしい。

今、僕が出演している「朝まで生テレビ！」も「激論！クロスファイア」も本音でぶつかり合う討論番組だ。だから、いつも真剣勝負で臨んでいる。

とはいえ、前述したように、滑舌が悪くなった、何度も聞き返してしまう、言いたいことがすんなり言葉にならないなど、思うようにできないことは増えてきた。周囲に助けてもらうことも少なくない。

さらに、今の時代、批判の声がSNSなどを通してリアルタイムで届けられる。能天気な僕とて、まったく落ち込まないわけではない。

しかし、それを長く引きずったりはしない。まして、家に帰った後も「あのとき、ああすればよかった」など、終わったことをくよくよ悩んだりはしない。なぜなら悩んでいても気持ちが沈むだけで、何もいいことがないからだ。むしろ、どんどん後ろ向きになり心も萎えてしまう。「悩まない」ことが長生きの秘訣であるという、三世紀会の訓えを今も守っているから元気でいられるのだと思っている。

老いは未知への冒険

僕は今、生きているのがとても楽しい。もちろん、年をとればいろいろな変化が起きる。僕の場合で言えば、滑舌が悪くなり、耳も遠くなった。物忘れが激しくなり、集中力が続かないことが増えた。

人によっては、白髪が増える、あるいは髪の毛が抜けていく。白内障が進む、体重が減少し身長も縮む。便秘や頻尿、さらに多くの高齢者が恐れる認知機能が失われる進行性の脳の病気、アルツハイマー病の発症率の増加など、心配事をわざわざ数え上げればキリがない。書いていると気が滅入りそうになる。

しかし、それらの変化をいちいち気に病んでいたら、人生はつらいことばかりになってしまう。むしろ、年をとることは一種の冒険だ。加齢という、これまで自分が経験したことのない未知の変化をどう乗り切るか、それを考えることが楽しいのではないかと僕は考えている。

歳を重ねれば、肉体が変化していくことは止められない。人工的に遅らせることはできるかもしれないが、自然の摂理に逆らうことになる。あまりに不自然だ。

それに、たとえ肉体が衰えたとしても、気持ちまでが老いてしまうわけではない。考え方次第で精神の老化はいくらでも食い止められるはずである。僕はそれを「経営の神様」と呼ばれるパナソニック創業者の松下幸之助さんから学んだ。

フリーランスのジャーナリストとして仕事を始めてまもない40代の頃、松下さんと2度、話をする機会を得た。最初は彼が松下政経塾を設立したとき。2度目はそのすぐあと、もう一度僕の話を聴きたいと言ってくれたのだ。

「部下を要職に抜擢する際、どこを見るのか?」という僕の質問に対し、彼は「運のいい人間です」と答えた。

さらに、「運のいい人間と悪い人間がわかる」とも言うのだ。それは一体どういうことなのだろうか。そう考えて、僕は初めて会ったとき彼が話してくれたあるエピソードを思い出した。

松下さんが独立して商売を始めたばかりの頃のことだ。自転車で製品の配達をしていたところ、四つ角で飛び出してきた車と正面衝突し、跳ね飛ばされてしまったという。しかも飛ばされた先が線路の上で、ちょうど電車が近づいてきた。絶体絶命と思われたが、電車が2メートル手前で急停車したうえに、なんと、かすり傷ひとつ負わずにすんだそうだ。

この話を聞いて、「なんと運の悪い」と思ったら大間違いだ。松下さんは、これを「運がよかった」ととらえていた。なぜか。運がいいから、電車が止まり、けがもせずに済んだのだと言う。

つまり、運のよし悪しは、自らの意思でどうにでも変えられるのだ。簡単に宝くじや懸賞に当たることが運のよさではない。どんな困難や不条理に直面しても、「ついてない」と思わず、そこに何かしらいいことを探す。そうすれば、へこたれずに前に進める、松下さんの話の真意はここにあったのだ。

それを聞いて、僕もこれでいこうと思った。

高齢になるにつれて、その思いは強くなっている。

年をとって以前はできたことができなくなると、気持ちがへこまないわけではない。しかし、そうしたところで事態は何も変わらない。ならば、「自分は運がいいから、きっとうまくいく」と気持ちを切り替えたほうが前に進む力が湧いてくるはずだ。

例えば、同い年の友人のなかで、自分だけ耳が遠くなってしまったとしよう。「ひとりだけ耳が遠くなるなんて運が悪い」と嘆くのではなく、「性能のいい補聴器が見つかった自分は運がいい」ととらえれば、落ち込まずに済むだろう。

そうは言っても、年のせいでうまくいかないことも多い、失敗ばかりだとめげてしまうという人には僕はこう言いたい。

「失敗したっていいじゃないか」

現役で仕事をしている40代、50代はその後に背負うリスクを考えて、失敗しないよう慎重に物事を進めなければいけない場合も多いだろう。

しかし、リタイア後は、もうそんな心配は無用だ。失敗を恐れず、徹底的に好きなことをすればいい、僕はいつもそう思っている。

年をとったからこそ見えてくるものがある

70歳を過ぎた頃、僕は改めてこう思った。

「これだけ長く頑張ってきたのだから、これからはもう好きなことをしよう」

僕は人と会って話すことが大好きだ。だから、80歳を過ぎた今もどんどん人に会って、たくさん話をしている。

僕がそう言うと、「70歳だからもう遅い」「今さら好きなことなんてできない」「そもそも好きなことが見つからない」と言う人もいる。しかし、決して遅すぎることはない。なぜなら、今この時点が残りの人生で一番若いからだ。「もう遅い」などと言っている間に、どんどん年をとってしまう。やりたいことがあるなら、少しでも若いうちに始めたほうがいいに決まっている。

さらに、好きなことはいくらでも見つけられると僕は思う。

まず、子どもの頃、自分は何に興味を持っていたかを思い出してほしい。読書が好きだった、音楽にのめり込んでいた、スポーツ選手になりたかった、いろいろと思い出されるのではないだろうか。

何年経っても、人の興味は大きく変わらないといわれる。子どもの頃は勉強に、大人になってからは仕事や子育てなど目の前のことに追われ、好きなことや興味のあることをいったん横に置いていた人は多いのではないか。

しかし、退職して仕事から解放されたり、子育てが一段落したりして、自分のやりたいことは何だろうと考えたとき、思い出すのは、子どもの頃や学生時代に打ち込んでいたことだったりするものだ。

もう自分を縛るものは何もない。リタイアした今こそ、仕事のため、家族のためではなく、自分だけのための人生を生きようではないか。

子どもの頃、憧れていたバレエに70歳を過ぎてから挑戦したという人もいる。

年をとるということは、本来の夢を取り戻すことかもしれない。そう考えれば、老いることも悪くないと思えてくるのではないだろうか。

第2章

よく寝て食べて健やかに老いる

高齢者ほど歯が大事

還暦を迎えた頃、消化器系の機能が低下して苦しんだことは第1章で述べたとおりだ。幸い東洋医学との出合いによって、健康を取り戻すことができたが、あのとき治療がうまくいかなかったら、今のように元気ではいられなかっただろう。

初めて東洋医学の治療院を訪れ、自律神経失調症の原因のひとつとして歯の噛み合わせを指摘されて以来、定期的に歯科医に通いメンテナンスを続けている。

医師によれば、人間が丈夫でいる秘訣は歯にあるという。

噛み合わせが悪いと、交感神経と副交感神経のバランスが崩れ、自律神経系を乱してしまうらしい。噛み合わせの悪さがストレスを増大させ、精神的に不安定になると自律神経失調症を引き起こしてしまうことがあるというのだ。僕がまさにその状態だった。

噛み合わせの悪さは、自律神経の乱れ以外にも体にさまざまな悪影響を及ぼす。まずは運動機能の低下だ。

例えば、転びそうになったとき、人は踏ん張るためにぐっと歯を噛みしめる。万が一噛み合わせが悪ければ踏ん張れず、転倒してしまうこともあるだろう。高齢者はちょっとした転倒でも骨折する恐れがあるので要注意だ。

また、噛むことであごの骨や筋肉が動くため血液の循環がよくなり、脳細胞の動きも活発になる。つまり、噛む力が低下すると脳への刺激が失われてしまい認知症のリスクも高くなってしまうのだ。

さらに、食べものを噛む際、歯には60キロくらいの圧力がかかるといわれる。噛み合わせがよければ、その力はすべての歯に分散するが、噛み合わせが悪いと、圧力が偏ることになり、顎《がく》関節症を引き起こす恐れがあるというのだ。

噛み合わせが人間の体にとっていかに大事かがわかるだろう。

とくに悪いところは見当たらないのに、どうも体の調子が悪いと感じている人がいたら、一度、歯科医に診てもらうことをおすすめする。歯の健康が保たれているか否かが健康寿命を大きく左右するのだ。

信頼できる主治医を持つ

ある程度の年齢になれば、体が思うように動かなくなるのは当たり前だ。まして、僕のように消化器系に不安を抱えていれば、いつ不調をきたすかわからずヒヤヒヤしながら暮らすことになる。

体が不具合を起こさないよう、僕はとにかくメンテナンスを心がけている。

しかし、それでも不具合が起きてしまったら、もう頑張らない。信頼できる医師にすべてお任せし、必要ならそのまま入院して徹底的に治療する。

僕がそう考えるようになったのは、腸が大反乱を起こしたことがきっかけだ。

2013年、ヘルニア（脱腸）の手術痕から大量に出血し、再手術が必要になったことがあった。

ある週刊誌でタレントの壇蜜さんとの対談企画が持ち上がったが、あいにく僕はまだ脱腸の手術をしたばかりで、医師からは安静を言い渡されていた。延期するという選択肢もあったのだが、僕はどうしてもそのとき対談したかった。

当時の壇蜜さんは「エロスの女王」と呼ばれ、あちこちのグラビアに引っ張りだこ。まさに飛ぶ鳥を落とす勢いで活躍中だった。銀座のクラブでホステスをしたり葬儀社で働いたりと、異色の経歴を持つ彼女の話をぜひ聞きたいと思い、僕のほうから対談を申し入れたのだ。

「おとなしくしているように」という医師の言いつけを守らず、僕は対談に出かけていった。思った通り彼女の話はとても興味深く、あれこれと聞き出して大満足だったが、そのあとがよくなかった。なんと、手術痕から大量に出血してしまったのだ。これには慌てた。

すぐ病院に戻り、再手術。医師に怒られたことは言うまでもない。

しかも、そのことをツイッターでつぶやいたものだから、思いのほか大騒ぎになり、「壇蜜に興奮⁉ 田原総一朗氏脱腸悪化」など、スポーツ紙に面白おかしく書かれるというおまけまでついてきた。

再手術したはいいが、2度の手術で腸が癒着してしまい、困り果てた僕が駆け込んだのが、やはり第1章でも述べた順天堂医院の小林弘幸先生のところだった。小林先生に処置してもらったあとは今度こそ言いつけどおり安静を守り、どうにか回復することができたのだ。

やはり医師の言うことは聞くべきだった。もちろん今は主治医である小林先生の言いつけにきちんと従っている。何かあれば、先生はすぐに内視鏡を含めた検査や問診で僕の不安を解消してくれる。おかげで僕は安心して毎日を過ごすことができるのだ。

高齢者、とくに男性は怖がりで、医者にかからないことを自慢したり、「病院に行くと病気になる」などと誤った主張をしたりする人もいるが、僕はその逆だ。何でも相談できて、信頼できる主治医がいるということは実に心強い。

すべてを任せられる主治医の見つけ方

これまで病気知らず、医師にかかったことはほとんどないという人でも、もしものときに備え、かかりつけの病院や主治医を見つけておくことをおすすめする。

そう言われても、どうやって探せばいいかわからない人もいるに違いない。

僕の場合は、幸運にも順天堂医院の小林弘幸先生を紹介してもらったが、誰もがそうしたツテがあるとは限らないし、大学病院より自宅近くの病院のほうがいい場合もある。近所の病院なら通院時間が短くて済むため、いざというときすぐ駆け込むことができるので安心というわけだ。

とはいえ、近所にある病院ならどこでもいいわけではない。やはり医師の腕前は見逃せない。今は病院の口コミサイトなどもあるので、評判をチェックすることができる。また、ご近所さんから評判を聞き出してみるのもいい。

ただし、腕はいいが、コミュニケーション下手な医師では困る。「こちらの話をじっくり聞いてくれる」「親身になって相談に乗ってくれる」など、患者を安心させる姿勢を示してくれることが望ましい。「患者の話を聞かない」「自分の意見を押しつける」「何を聞いても定型的な回答しかしない」では患者は何も言えなくなってしまう。適切な治療を受けられない恐れもある。

僕は心配性なので、少しでも気になる症状があるとすぐに検査してほしいタイプだが、そんなとき、医師に嫌な顔をされたらいい気はしないだろう。僕はそれでもひるまず言いたいことは言うが、そうでない人は遠慮して何も言えなくなってしまうかもしれない。患者からの相談を面倒がらず聞いてくれる医師であることは大事な条件だ。

セカンドオピニオンへの対応でも同じことがいえる。セカンドオピニオンは納得のいく決断をするために患者本人や家族にとっては有効な手段だが、明らかに不服そうな顔をする医師もいると聞く。セカンドオピニオンの相談をされた際、快く患者の意思を受け入れる医師は信頼できる。

時間外診療や往診など、緊急時の対応も確認しておきたい。もしものときは、電話やメールなどで相談できることがわかっていれば、安心だろう。

このように、主治医を見つける条件はいくつもあるが、実は一番大事なのは医師との「相性」ではないかと思う。どれだけ優秀な医師でも、何となく自分とは合わないと感じれば、心を開くことはできず、診断への納得度も下がってしまう。診察のたびにストレスが増していくようでは、本末転倒だろう。

もちろん、腕前が確かなことを踏まえたうえでのことだが、「この先生なら安心してすべてを任せられる」、そう思える医師を探すべきだ。

主治医には何でも話す

僕は長年、便通、つまり腸に不安を抱えていた。腸がスムーズに動くのか動かないのかがいつも気になり、1日でも便通がないと、心配でいてもたってもいられなくなってしまう。小林先生は、僕のそんな精神的な不安を解決するために、同じ順天堂医院内のメンタルクリニックの大沼徹准教授と連携して診察できるよう手配してくれた。順天堂医院では、こうして院内の各科が連携して患者を診る仕組みになっているというのだ。これは患者にとって非常にありがたい。

大沼先生はいつもじっくりと僕の話を聞いてくれる。

ある日、雑談のなかで、「年のせいか、最近背中が痛いんですよ」と僕が言ったら、大沼先生は、「背中の痛みは心臓が原因かもしれないから、今すぐ検査しましょう」と言い、すぐに順天堂医院内で検査をしてくれた。そうしたらなんと、心筋梗塞になりかけていたのだ。

その日のうちに入院して、カテーテルを入れて処置してもらいことなきを得たが、まさに危ないところだった。あのまま放っておいたら、大変なことになっていた。そういえば、その数日前に東洋医学の治療院でも同じ話をしたところ、「背中は心臓の病気かもしれないから、精密検査を受けたほうがいいですよ」と言われていたのだ。

自分ではたいしたことのない症状だと思っていても、医師から見たら病気の予兆を示していることもあるのだと、そのとき痛感した。少しの異変でも勝手に判断したりせず、何でも医師に話したほうがいいのだと自分に言い聞かせた出来事だった。

「一病息災」が健康を守る

中高年以上の世代で、何の病気もせず「無病息災」で過ごせるのは珍しいことだろう。もちろん、無病息災でいるに越したことはないが、ひとつでも病気があれば、そのために病院に通うようになるし、普段から健康に留意するようになる。同時に予防意識も働き、結果的に健康寿命を延ばすことにつながるのだ。

僕の場合はそれが腸だった。

何度も繰り返して恐縮だが、便が出ないことは僕にとって恐怖でしかない。毎日排便がないと不安にかられてしまう。娘たちには「また大騒ぎしている」と呆れられているが、怖いものは怖いのだから仕方ない。

腸は僕の最大の弱点だが、逆に考えれば、それが健康を測るバロメーターともいえるのではないか。腸の具合がよければ精神的にも安定し、元気でいられる。すべてが順調に進む。しかし、ひとたび腸に不具合が起きれば、ストレスは一気に増大し、何もかもうまくいかなくなってしまう。

だから、腸が反乱を起こさないよう普段から用心を欠かさない。まさに「一病息災」である。

「一病息災」とは「無病息災」からできた語で、ひとつくらい軽い病気を持っている人のほうが健康に気をつけるため、無病な人よりも長生きするという意味だ。病弱だったり大病の経験があったりする人が用心して長生きする一方、風邪ひとつひかず、病院とは無縁の生活をしていた人が突然病に倒れたりして驚いたというのはよく聞く話だ。

高齢になればなおさら自分の体を過信せず、不調を感じたらすぐに病院で診てもらうことが必要だ。

人間ドックは年に一度のメンテナンス

僕は70代に入って初めて人間ドックを受けた。とくに悪いところはなかったが、体の調子を整えるために検査入院したほうがいいと家族に勧められ、受けることにした。

「病院で検査を受けるのは怖くないですか?」と聞かれることがあるが、そんなことはまったくない。僕は怖がりゆえの心配性で、こと病院の検査に関しては念には念を入れて、悪いところを徹底的に見つけてほしい。だから、内視鏡検査にも抵抗はないし、むしろひとつの病院では心配だから、別の病院でもう一回受けたりすることもあるくらいだ。

人間ドックは今も毎年受けている。1泊2日と短いスケジュールだが、せっかくのんびりできる機会なので本を持ち込んで読もうとするものの、結局あちこちに電話しまくり終わってしまい、家族に呆れられている。

80歳を過ぎてからの人間ドックでは、認知症の検査も行われる。

画像診断に加え、記憶力を調べるために対面式でいくつかの検査をするのだが、僕はそのなかのひとつで医師を困らせてしまった。

記憶力検査では、先生が言った言葉を、その通り繰り返すよう指示され、それが「桜、電車、バス、植木……」と続いていくのだ。でも、僕は生活のなかでそれらの言葉を使う機会がない。「生活に必要のない言葉は言えません」と答えたら、先生はとても困っていた。

付き添っていた娘から、「これを言わないと、認知症かどうか検査ができないのよ。認知症になっても知りませんよ」とたしなめられ、素直に従うことにした。

改めて「桜、電車、バス、植木……」と先生の指示に従い、全部言えた。最初は抵抗したものの、間違えずに言えると案外達成感があるものだ。

ほかに簡単な計算式に答えたり、画像診断などを受けたりした結果、どうやら認知症ではないということがわかり、ほっとした。

30年以上のルーティンを守り、朝食は自分でつくる

僕は不器用で、料理などからっきしできないが、朝食だけはいつも自分で用意している。これは55歳で再婚したときからの習慣で、妻が亡くなってからも続けているから、かれこれもう30年以上になる。

メニューもその頃から変わっていない。

トースト1枚、目玉焼き、ちぎったレタスがメインで、ヨーグルト、リンゴジュース、牛乳、スイカやイチゴなど季節の果物を添える。甘いものが好きなので、ここにアンパンが加わる。

野菜は食べたほうがいいと思い、包丁を使わずちぎって食べられるという理由でレタスを選び、卵はゆでるより目玉焼きにするほうが時間がかからず、ご飯を炊くよりトーストを焼くほうが簡単に炭水化物をとれる、という理由でこのメニューになった。

最近は娘の勧めで、バナナを半分食べるようにしている。バナナに含まれる糖質が寝ている間に失われたブドウ糖を補うとかで、エネルギー不足を解消し、脳を目覚めさせてくれるというのだ。

買い物は通いの家政婦さんがやってくれるが、調理は自分でやる。

冷凍のパンをオーブントースターで焼いて、目玉焼きをつくり、レタスをちぎるだけだから料理ともいえないが、全部人に任せっきりはよくないと思っているので、自分でできることはなるべくやるようにしている。

僕は胃腸が弱く油っぽいものが苦手なため、目玉焼きは油を引かず、1センチほど水を張ったフライパンに卵を落として仕上げている。

焼き上がった目玉焼きやレタス、飲みものなどをテーブルに、といっても、山積みの本と資料に埋もれた机の上にひとつずつ運び終わる頃、トーストが焼き上がる。

目玉焼きに油は使わないが、トーストにはたっぷりバターを塗る。厚さ1センチ以上あるだろうか。見た人がちょっと驚くくらいの量を塗る。これも妻が生きていた頃からのやり方だ。僕が少しでもカロリーと脂質を摂れるよう考えてくれたようだ。

毎朝同じメニューなので、考えなくても体が動く。このやり方を変えると、調子が悪くなってしまうかもしれない。毎朝の日課、いわゆる「モーニング・ルーティン」は一日のリズムをつくるためにも欠かせないものだ。

好きなものしか食べない

僕は肉を一切食べないし、好きなものしか食べない。

そう言うと、ものすごい偏食だと思われるかもしれないが、そうではない。極端な偏食ではないし、好き嫌いが激しいわけでもない。

僕にとっての食事は元気に仕事をするために必要なものだから、栄養さえ満たされていれば、メニューにはとくにこだわらない。グルメでもなければ、毎食同じメニューでも一向に気にならないのだ。

さらに、僕は歯が悪いこともあり、食べられるものがとても少ない。

昼食は家政婦さんと娘につきあってもらい、近所の中華レストランに行く。以前は蕎麦ばかり食べていたのだが、残念ながらその店がなくなってしまい、最近はずっと同じ中華レストランに通っている。

メニューもいつも同じ。行けば必ず出してくれるのが、肉を入れずあっさり薄めに味つけされた中華丼だ。「いつもと同じものをお願いします」と言うと、その中華丼が出てくる。毎日同じものを食べていて、よく飽きないものだと店の人は思っているに違いない。

夕食はほぼ外食で、和食か寿司と決まっている。といっても、決して贅沢なものではなく、和食なら白身魚を煮るか焼くかしたものに、野菜の煮物かおひたし、それに豆腐を加え、あとは白米と味噌汁。消化器系が弱いため、脂っこいものはほとんど食べない。ブリやイワシといった脂の乗った魚も苦手なので、メインはいつも白身魚。こちらもほぼ毎日同じメニューだが、飽きることはない。

夕食は娘か親しいジャーナリスト仲間につきあってもらうことが多い。コロナ禍の今は黙食しなければならないが、本来は会話を楽しみながら食事をするほうが消化にはいいらしい。そうすれば、ゆっくり時間をかけて食べることになるからだろう。コロナが収束したら、会話をしながら食事を楽しみたいと思う。

食に対する思い入れは何もなく、唯一あるとすれば、「好きなものしか食べない」ということだ。嫌いなものを我慢して食べると、それがストレスになってしまい、体調がおかしくなってしまうからだ。

僕は一日3食、規則正しくとっているが、一日2食のほうが体の調子がいい人はもちろんそれでもいいだろう。3食ごとに満腹にするより、胃の負担が少なくて済むという理由で一日2食を勧める医師もいるようだから、自分に合ったスタイルを実践すればいい。

僕は昼食後、1時間ほど昼寝をすることにしている。僕にとってこの昼寝は体と脳を休めるために必要なものだが、横になると、食べたものが逆流するような感じがしたり、胃が苦しくなったりする人にはおすすめしない。

何をどう食べるかに決まりはない。体の調子に合わせて決めればいいのだ。

疲れた脳は甘いもので回復させる

僕は酒とタバコは一切やらない。

大学時代、まわりのみんながやるから、僕も挑戦してみたが、あまりうまいとは思えなかった。何度か試してみたが、どうしても好きになれず断念した。以来、酒もタバコも口にすることはない。

その代わり甘いものは大好きで、とくにあんこには目がない。

朝食によくアンパンを食べているし、「朝まで生テレビ！」の本番の日はどら焼きを持参しているほどだ。

おやつに黒糖饅頭を食べることもある。どら焼きや饅頭のあんこには脳のエネルギー源であるブドウ糖が含まれているため、思考力や集中力が低下していると感じたときにあんこを食べるのは正解のようだ。最近はチョコレートもたまに食べるようになった。

ジャーナリストという仕事柄、酒が飲めないと取材がしにくいのでは、と聞かれることもあるが、そんなことはない。フリーのジャーナリストになったばかりの頃、取材で通った東京・新宿ゴールデン街の飲み屋で、酔っ払った相手の横で、あんみつを食べながら話を聞いていたこともある。これは今も語り草になっているようだ。

一日大さじ1杯のオリーブオイル健康法

食に対するこだわりがないため、人から健康にいいと勧められた食品は何でも取り入れている。

まず、順天堂医院の小林先生が勧めてくれたオリーブオイルを飲むことだ。小林先生によれば、油分の補給は古くなった機械に油をさすようなものだという。その勧めに従って、毎朝大さじ1杯飲んでいる。

オリーブオイルは小腸に吸収されにくいオレイン酸が豊富に含まれているため、腸内にとどまり食べカスと混じり排出される。つまり便の滑りをよくしてくれるらしい。便通をよくしたい僕にとっては、ありがたいオイルなのだ。

最近は娘の勧めに従って、認知症予防に効果的といわれるアマニ油も大さじ1杯飲んでいる。

あとはマヌカハニーとロイヤルゼリーを飲み、それから梅酢でうがいをするのもいいと聞いたので、これも毎日続けている。梅酢のうがいは現在、高野山別格本山清浄心院の住職を務められている池口恵観さんに勧められた。池口さんには、僕の最初の妻が乳がんを患ったとき御加持《ごかじ》を受けたことがあり、それ以来のつきあいだ。

これらの健康法にどれだけの効果があるのかは、正直わからない。即効性があるものではないので、気長に続けていくつもりだ。大事なのは、僕の体を心配してくれる人のアドバイスを素直に聞くということ。ありがたいと感謝しながら続けることが、きっと体にいい効果をもたらしてくれるに違いない。

どんなに疲れていても必ず湯船につかる

僕は日課を守ることも健康の秘訣だと思っている。

入浴もそのひとつだ。

何となく面倒なときはシャワーで済ませるという人もいるようだが、僕はどんなに疲れていても必ず湯船につかる。入浴時間はそれほど長くはなく、だいたい15分くらいだが、湯船の中では足のマッサージをするようにしている。

握手をするイメージで足の指の間に手の指を入れて指と指の間を広げ、その状態で足の指を甲側にそらしたり、足の裏側に曲げたりする。こうすることで足の指を大きく動かすことができて気持ちがいいので気に入っている。

足の指のつけ根には疲労に効くツボが集中しているため、広げるだけで回復効果が期待できるという。また、足の指を動かすと血行がよくなり、リンパの流れもスムーズになることから冷えやむくみを軽減してくれるようだ。気持ちがいいうえに、健康効果も抜群なのだ。

これは東洋医学の治療院でいつもやってもらっているもので、「入浴のときに自分でもやるといいですよ」と先生に言われて以来、毎日続けている。これも習慣になっているので、やらないと落ち着かない。

お湯は39度前後が適温と聞き、風呂用の温度計で測るようにしている。

熱いお湯で汗をかかないと風呂に入った気がしないという人もいる。とくに高齢者に多いような気がするが、熱すぎるお湯は体にかえって逆効果だという。体温が上がり過ぎて、夜眠れなくなってしまうようだ。

39度前後のお湯に10~15分つかることは、疲労回復やストレス解消を促すと同時に、寝つきをよくするためにも効果的だと聞く。みぞおちまでの半身浴で、汗をかくぐらいまでじんわり温めるのも同様の効果があるらしい。

僕は必ず湯船につかるが、その気力がない人は手浴と足浴だけでも入浴の効果が得られるという。大きめの洗面器に43度前後のお湯を入れて約10分、手と足をつけるだけでよいそうなので、覚えておきたい。

眠れなくても焦らない、頑張らない

年寄りは朝起きるのが早いといわれるが、それは加齢で体内時計が変化することが原因らしい。血圧や体温、ホルモンの分泌など睡眠を支える多くの生体機能リズムが前倒しになるのだという。

また、リタイア後、睡眠に障害を抱えるようになる人も少なくないという。仕事を退き、何をしていいかわからないという心理的なストレスに加え、日常生活にメリハリをなくしてしまうことも大きく関係しているようだ。

眠れないことを苦にして、布団の中で悶々としていたら、脳が覚醒状態になりかえって寝つけなくなる。僕も還暦の頃、自律神経をやられてしまい眠れずにいたら、なかば鬱のような状態になってしまった。高齢者がその状態で長く過ごすと、認知症に移行する危険性もあるというから気をつけなければいけない。

僕は幸い眠れないということはない。日頃から悩まないことを心がけているからだと思うが、「悩むな」と言われてもすぐには難しいだろう。そこで、まずは眠りを誘うための工夫を試してみてはどうだろう。

人間の体は活動している昼間は体温が高く保たれ、夜は脳を休ませるため深部体温（体の内部の温度）が下がっていき、それに伴い眠くなるといわれている。そのため、寝る前に急激に体温を上げれば、脳が「深部体温を下げるように」と指令を出し、自然な眠気が訪れるという。

いつもの就寝時間に眠くなるようにするには、寝る3時間前に食事をすませるのがいいようだ。体を温める鍋料理などを食べると、効果的に体温を上げることができるだろう。その際、薬味に唐辛子やしょうがを使うといいと聞く。唐辛子の辛味の主成分である「カプサイシン」や、しょうがの辛味成分である「ジンゲロール」と「ショウガオール」が体を温めるといわれているからだ。

入浴も体温を上げるためには効果的だ。寝る1時間半くらい前に39度前後のお湯に15分程度つかり、じんわり体を温めると効果的だという。

また、お湯につけた温かいタオルを絞って、首の後ろと目を温めるのも効果があると聞く。温めることで血流がよくなり、全身の緊張がほぐれていくらしい。すると、体を睡眠モードにしてくれる副交感神経が優位に働き、眠気が訪れるというのだ。

それでもどうしても眠れなければ、いったん布団を離れてリビングで本を読むなどして眠くなるのを待つのがいい。

43度前後のお湯に手をつける手浴をしたり、ホットミルクや白湯などカフェイン抜きの温かい飲みものを飲んだりして一時的に体温を上げるのも効果があるようだ。

気持ちを落ち着けるために瞑想をするという方法もあると聞く。軽く目を閉じて、鼻から吸って口から吐く深い腹式呼吸を繰り返すのだ。気持ちが落ち着いてきたと感じたら、布団に戻るとしよう。

僕は12時半から1時には床につき、朝は8時半から9時の間に起きるので、8時間は寝ていることになる。しかし、製薬会社のデータなどによると、65歳以上の平均睡眠時間は6時間で、たとえそれより少なくても日中眠気を感じることがなければ、無理に眠ろうとしなくてもいいらしい。むしろ、早く眠らなければと焦る気持ちがよけいに眠りを遠ざけているということも考えられる。

「眠れなくても、明日昼寝すればいいか」くらいの軽い気持ちでいてもいいではないか。なにしろ時間はたっぷりある。本を読んだり、録画しておいた映画やドキュメンタリーを観たりして、夜ふかしの楽しみを味わってみるのもいいものだ。

過度なストレッチはしない

僕の場合、テレビの収録や打ち合わせで外出することはあるものの、座って本を読んだり、原稿を書いたりする時間が長いため、どうしても運動不足になってしまう。

足腰が弱ると動くのが億劫になり、行動範囲も狭まっていく。リタイア後は運動不足にならないよう、意識的に体を動かす必要がある。

僕も以前はいろいろな運動をしていた。

還暦の頃はスポーツジムのプールに通ったこともあるし、階段の上り降りを習慣にしていたこともある。自宅マンションの1階から5階までを往復するのだが、2013年に脱腸になってからはやめた。階段上りは腸に力が入り、脱腸を悪化させると聞いたからだ。

その後、順天堂医院の小林先生の勧めで、壁に手をついて30回ほどかかとの上げ下げをする運動をしていたこともある。これだけでふくらはぎの筋肉が刺激され、体全体の血流がアップするのだという。

また、かかとの上げ下げをすると、バランスを取るため腹筋に力が入り、腸が動きやすくなるらしい。便通が気になる僕には効果的なストレッチといえよう。しかし、年齢的なことに加え、僕は元来運動音痴のため、かえって危ないと家族が心配するので、この運動も今はやっていない。

その代わり、週に1回、東洋医学の治療院で指圧をしてもらっている。先生がゆっくりとツボを押しながら全身の筋肉のこりや痛みを取り除いてくれるので、とても気持ちがいい。とくに「朝まで生テレビ！」の本番のあとは体がガチガチに固まっているので、放送があった翌週の月曜日の午前中には必ず治療院を訪ねて指圧を受けることにしている。

僕のような高齢者は自己流で体を動かすと、動かし方を間違えたり、思わぬけがをしたりすることもあるので、きちんと専門家の指導を受けることが必要だ。治療院に通うほどではないが、健康維持のためのストレッチくらいはやってみたいという人は、自治体が開催している地域のシニア向け運動教室などをのぞいてみてはどうか。コロナ禍のなか、オンラインで運動教室の動画配信を始めた自治体もあると聞く。体を動かすことと同時に、オンラインを通して指導者と参加者、双方向のコミュニケーションを促す狙いもあるようだ。

また、転倒予防体操など高齢者向けのプログラムを設けているフィットネスジムもあるようなので、自分のやる気と体力に合わせて選んでみるといいだろう。

高齢者はウォーキングで活性化する

いろいろな健康法を試したなかで、治療院での指圧に加え、僕が実践しているのが朝の散歩である。

毎朝、自宅マンションの敷地内を約30分かけてのんびり歩いている。歩数にして約2700歩というところか。

散歩のいいところは、歩きながら季節の移り変わりを感じられることだ。

歩いていると、たまに必死の形相でウォーキングしている人を見かけることがある。これは男性に多いのだが、長年会社員として競争社会で暮らしていると、散歩ひとつとっても何らかの結果を出さねばと思ってしまうのか。おそらくウォーキング後、歩数や消費カロリーを測って一喜一憂しているに違いない。

スポーツの専門家などに聞くところによれば、黙々と早歩きをするより、軽く談笑しながら歩いたほうがリラックス効果は高いのだという。もし、近所に知人がいるなら、誘い合って一緒に歩くのもいいだろう。

僕の場合、歩いていると、すれ違う近所の人が「あの番組はよかったですね」「あのとき話していたのは、どういう意味ですか」などと話しかけてくれる。僕は人と話すのが好きだから、必ず立ち止まり、応えることにしている。そこからコミュニケーションが始まる。そういう意味で僕の散歩はリラックス効果が高いといえるだろう。

高齢者の運動の目的は「現状維持」だ。今日できたことを明日もできるようにすれば、少しでも健康寿命を伸ばすことができる。家族やまわりの人に迷惑をかけないですむし、なにより自分が楽しい。

スポーツ庁が発表した「令和2年度『スポーツの実施状況等に関する世論調査』」によると、「この1年間に行った運動・スポーツの種目」のトップはウォーキングで、男女とも全体の65％を超えている。ウォーキングは高齢者に限らず、幅広い年代で取り入れられているようだ。

僕は朝の散歩も含めて、1日4000歩以上、歩くことを心がけている。歩数計をときどき取り出して歩数を確認するのが楽しみで、それを見ると、もう少し歩こうかなという気持ちになる。でも、無理はせずできる範囲で歩くようにしている。

厚生労働省は「1日に1万歩」を推奨しているようだが、実際の平均は男性が約8200歩、女性が約7200歩というところらしい。令和元年の調査結果によれば、70歳以上の平均値は男性は5016歩、女性が4225歩なので、87歳の僕が4000歩以上を目指すのは、悪くない数字といえるだろう。

同様に厚生労働省が策定している「健康づくりのための身体活動基準2013」によると、65歳以上の高齢者がウォーキングなどの運動習慣を「1回30分以上、週2日以上」持つことで、「全身の持久力と筋力の維持・向上」「運動器症候群の改善」「軽度認知障害（ＭＣＩ）の改善」などが期待できるという。

このように、歩くことの健康効果は専門機関も認めているが、なかにはコロナ禍で外出を控えているという人もいるはずだ。しかし、家にこもってばかりではどんどん体力が低下していく。東京都健康長寿医療センター研究所の北村明彦氏は、「在宅生活でも、１日に２０００歩の確保」を提言している。

階段の上り降りをしたり、掃除や洗濯をしたりすることで家のなかをこまめに移動すれば、１日２０００〜３０００歩は確保できるという。そういう意味でも、ウォーキングは誰でもどこでもできる、手軽かつ健康効果の高い全身運動といえるだろう。

スケジュールを組んで一日の生活リズムを整える

会社員時代、時間に追われて忙しくしていた人ほど、退職し自由な時間が増えると、何をしていいかわからなくなり、自宅にこもったまま無為に一日を過ごしてしまうことがあるようだ。目標もなく漫然と暮らす日々が習慣化してしまうと、無気力に陥りかねない。また、体を動かさない生活を長期間続けていると、身体機能が低下し、それが原因で体調を崩す人もいるようだ。

退職後、生活のリズムがうまくつかめないという人は、まずは一日の大まかなスケジュールを立ててみてはどうだろう。

僕の場合はこうだ。

まず朝は8時半から9時の間に起きて朝食、散歩、新聞を読む。昼食後、1時間昼寝。夜は7時に夕食を終え、入浴し、ニュース番組を見ながら読書をしたり原稿を書いたりしたあと、12時半から1時の間に就寝する。

これを軸にして、合間に仕事の打ち合わせや番組の収録、講演などを入れるという具合だ。

僕の体にはこのスケジュールが合っているが、人によって朝はもっと早い時間から行動したい、昼食は食べないほうが体は動く、夜9時には就寝したいなど、自分に合った過ごし方があるだろう。まずはそれを確認してみるといい。

例えば、朝何時に起きると調子がいいか、お昼は何時に空腹になるのか、運動は何をどのくらいするとスッキリするか、夜は何時ごろに眠くなるのかなど、自分の体に合った生活時間と行動を確認し、その結果をもとに軸になるスケジュールをつくってみる。それに沿って生活すれば、日々の過ごし方のリズムがつかめるだろう。

このスケジュールから、自分はゆったりのんびり過ごしたいタイプか、それとも常に忙しく動きまわっているのが性に合っているのかが見えてくるのではないか。一日をどう過ごせば楽しく、気分よくいられるのか、自分自身に問いかけてみることも必要なのだ。

スケジュール帳が生活に張りを生む

スケジュールの軸ができたら、次はもう少し詳細な時間管理に入ることにする。一日にすべきことを書き出してみるのだ。やることが何もないという人でも、書き出してみると意外にあるものだ。

例えば、朝食、ゴミ出し、散歩、部屋の掃除、書店で本を探す、昼食、昼寝、植木の水やり、図書館で本を借りる、夕食の買い物、夕食、入浴、読書……と、何でもいいからとにかく書き出す。ここに、習いごとをはじめ、映画や展覧会の鑑賞など、趣味の外出などを加えれば、一日のスケジュールは埋まってしまうのではないだろうか。

書き出すことでその日の行動計画を可視化すれば、やるべきことが認識できるので、気持ちに張り合いが生まれるはずだ。ひょっとしたら、書き込むために、外出や人と会う機会を増やそうと考えるかもしれない。

僕は予定がないと不安になってしまうので、何かしら用事をつくって、それを必ず手帳に書き込むことにしている。だから、手帳はいつも真っ黒だ。僕の手帳を見た人は、「よくそれでわかりますね」といつも驚いている。たぶん僕にしかわからない。予定が入っていると安心するので、一日に何度も手帳を開いて確認している。

何もすることがない、何をすればいいかわからない、という人に伝えたいのは、やりたいことを見つければいい、それだけだ。何をしているときが楽しいのか、気持ちが浮き立ち、やりがいを感じられるのか、自身に問いかけてみれば、自ずと見えてくるはずだ。

会社勤めをしていた頃は、指示された仕事をこなすだけで手いっぱいだったかもしれない。しかし、リタイアしたら、どんどん自分の好きなこと、やりたいことに取り組んでいけばいいではないか。それを遮るものは何もない。これこそが、能動的なタイムマネジメントであり、有意義な時間の使い方だ。

朝起きたら、今日は何をしようか、どこに行って、何を食べて、誰と会おうか。ささやかな予定であっても、その一つひとつをきっちりこなしていくことが達成感を生み出し、自立した生活を送ることにつながる。

受け身でいては、いつまで経っても、やりたいことなど見つからない。リタイア後の生活を充実させる唯一の方法は、自分から動き出すことなのだ。

第3章

年をとっても、脳は使えば使うほど活性化する

人間は120歳まで生きられる

2020年の日本人の平均寿命は女性が87・74歳、男性が81・64歳で過去最高を更新したという（2021年、厚生労働省発表）。今後、寿命はますます延びていくだろうから、「人生100年時代」はそう遠い未来のことではない。それは実際のデータからもうかがい知れる。

2021年9月、厚生労働省は全国の100歳以上の高齢者は8万6510人になり、過去最多を記録したと発表した。女性が全体の88・4%を占め、男性はここで初めて1万人を超えた。

調査が始まった1963年には100歳以上の人数は153人だった。1981年に1000人を超え、1998年に1万人を、2020年には8万人をそれぞれ超えた。その背景にあるのは、やはり医療の進歩だろう。

以前、京都大学iPS細胞研究所所長の山中伸弥教授を取材した際、彼はこう言っていた。ゲノム編集による再生医療によって、今後10年くらいで、ほとんどの病気が克服されるようになる。そうなれば、日本人の平均寿命は120歳まで延びるのではないかと。

病気を克服できるのは大歓迎だが、見方を変えれば、人間は120歳まで死ねないということになる。

これまでの日本人の人生設計の基本は、20年間学び、40年間働き、15年間年金で老後を暮らす、というものだった。しかし、寿命が延びるにつれて、我々はその人生設計を根本から見直す必要に迫られている。

現在、多くの企業では60歳で定年を迎えても、希望すれば65歳までの雇用延長が可能だ。さらに、2021年4月に施行された「改正高年齢者雇用安定法」により、企業は「高年齢者就業確保措置」の努力義務が求められることになった。

「70歳までの定年引き上げ」「定年制の廃止」「70歳までの継続雇用制度の導入」を含めた5つの措置のなかから、いずれかを採用するよう努めなければならない。70歳までの高年齢者に対する安定した雇用の確保と、就業機会を広げていくことを目指したわけだが、問題はそのあとだ。

定年と同時に会社員という身分を失うことに不安を感じる人は多いだろう。うまく再就職できればいいが、それもままならず、ポッカリ空いた時間を持て余してしまう人もいるに違いない。

世の中に対する興味を失い、定年後に鬱になってしまう人もいると聞く。

僕は42歳でフリーランスのジャーナリストになった。以来、社会が求めている報道の姿、番組のあるべき形を必死で模索しながら、自分のやりたいことを追求してきた。その結果、今の自分があると信じている。

もし、あのときテレビ東京を辞めずに会社員を続けていたら、60歳、あるいは65歳で定年を迎えたところで僕の仕事人生は終わっていただろう。もしかしたら、定年後の生きがいを見つけられず、悩んでいたかもしれない。

そう考えると、とても人ごととは思えなくなってくる。

「人生100年時代」が現実味を増している今、老後をどう生きていくかは、誰にとっても切実なテーマなのである。

もちろん、「現役時代は忙しかったから、定年後は何もせずのんびり暮らしたい」という人もいるだろう。その考えをとくに否定はしないが、張り合いのない生活をずっと続けていけば、いずれ気持ちはたるみ、刺激を与えられない脳は働きが衰えてしまうのではないだろうか。

僕自身が常に仕事をしていないと落ちつかない性分だから、なおさらそう考えるのかもしれないが、まだまだ気力も体力もある60代のうちに何かを始めないのは実にもったいない。87歳になった今だから、なおさらそう思う。

孤独を味方につければ何でもできる

「定年を迎えて孤独になった」という話はよく聞くが、「孤独」はむしろ、それまでしばられていたものから解放されることではないかと僕は思う。

組織の人間関係といったしがらみは一切なくなるわけだから、何をするにも自分の意思で決めることができる。時間のしばりもなくなるので、朝から映画を観にいこうが、思い立ってふらりと旅に出ようが、すべて自由だ。趣味の釣りに出かける、登山をする、現役時代には忙しくて読めなかった本をまとめて読む、妻に任せきりだった料理に挑戦するなど、やろうと思えばいくらでも出てくるはずだ。孤独とは何とも自由なことではないか。

「孤独」と似た言葉に「孤立」があるが、実は意味はまったく違う。

「孤独」は、会社という組織やグループ、団体に所属していない「個」の状態を意味し、それ以外の人間関係が途絶えたわけではない。つながろうという意思があればいつでもつきあいは再開できる。

しかし、「孤立」はすべての人間関係から隔絶され、誰ともつきあいがなく、ひとりきりになってしまうことを指す。

つまり、定年後に訪れる孤立こそがもっとも恐れるべきものなのだ。

2021年6月に内閣府が発表した「高齢社会白書」の中で、60歳以上の3人にひとりが「家族以外に親しい友人がいない」と答えているという調査結果があった。それだけ孤立している人が多いということだ。

とくに男性は、定年前はゴルフも麻雀も、飲みに行くのも、すべて会社の人間関係のなかでやっていた。退職すれば、それは全部なくなる。会社以外のコミュニティでの人間関係のつくり方がわからず、人とのつきあいが途絶えてしまう。こうして「孤立」に陥っていく。

「孤立」を防ぐために必要なのは人とのつながりだ。

誰とも会わずに一日中家で過ごしていたら、外に出る気力もなくなり、ますます孤立感が深まるという悪循環に陥っていくだろう。

とはいえ、会社を離れ、いきなり新しい人間関係をつくれと言われても戸惑ってしまうに違いない。そこで、まずは人と関われる趣味を見つけることをおすすめする。

人と関わる趣味が脳を活性化する

例えば、読書のようにひとりで黙々と勤《いそ》しむものではなく、囲碁や将棋、麻雀、語学など、誰かと会話をしながらできる趣味に挑戦してみるのだ。もちろん、読書を否定しているわけではないので、それらを並行して行えばいい。

東北大学加齢医学研究所の研究によると、人と関わる趣味は前頭前野を活発に動かすことにつながることが判明している。前頭前野は、「考える」「記憶する」「感情をコントロールする」「判断する」など、人間らしい行動を維持するための重要な働きを担っている。

前頭前野が衰えると、物忘れが増えたり考えることが面倒になったり、またキレたりすることなどにつながるという。

囲碁や将棋は、相手の状況や気持ちを読みながら対戦するので、前頭前野が活発に働くようだ。麻雀が老化防止にいいといわれるもの同じ理由だろう。

一方、脳の健康を害する危険性が高いのが、過度のインターネット習慣だ。

同研究所の研究では、毎日多くの時間をインターネットに費やしていると、前頭前野が働かなくなり、記憶力や集中力、判断力などさまざまな脳機能の低下を引き起こすことが明らかになってきたという。

最近はネットの動画配信サービスが充実しているようだが、そのおかげで、気がつけば外出もせず、一日中動画を観て過ごしていたという人もいるに違いない。ますます外出から遠のいてしまう。それではいけない。ネットに費やした時間と同じだけ外に出かけるなどして、バランスを取るようにしたい。

僕の知人のなかに、家庭菜園をしている人がいる。その知人によれば、定年後に趣味で家庭菜園を始める人は増えているという。最近は農園のレンタルサービスもあると聞いた。農園の持ち主や自治体が土地をいくつかの区画に分けて貸し出すという方式で、なかには農具一式が準備され、講習会を開いているところもあるらしい。なるほど、それなら気軽に始められそうだ。

趣味とはいえ、野菜や果物を上手に育てるのは案外難しく、いろいろと工夫が必要だという。知人に言わせると、作物の世話をしていると農園を借りている人たちと何かと話す機会があるらしい。肥料の与え方、収穫のタイミングなど同じ趣味を持つ者同士、自然に会話もはずむそうだ。

作物が成長していく様子を見るのは楽しいし、うまく収穫できれば達成感も得られる。何より、人とのコミュニケーションが生まれる。これぞ一石三鳥の趣味といえるのではないか。不器用な僕に作物を育てるのは無理だが、興味のある人は調べてみる価値はあるだろう。

聞く姿勢がコミュニケーションのカギ

僕はとにかく人と話すことが好きだ。

言いたいことがあれば、すべて言わないと気がすまないタチで、テレビの本番でも、ついつい言葉が止まらなくなることがある。現場でやりとりを見ていた娘から、「あれは言い過ぎ」とたしなめられるが、僕としては本音のやりとりができたと思っているので、「いや、そんなことはない。相手も楽しんでいたはず」と言い返し、けんかになることもある。

たとえ相手と言い合いになっても、言いたいことは伝えるべきだと思っている。もちろん自分がしゃべるだけではなく、僕は人の話を聞くのも好きだ。とくに若い人の話を聞くのは面白い。実業家として多方面で活躍している堀江貴文さんもそのひとりで、彼の話は本当に興味深い。

彼はいつも僕にこう言う。

「田原さん、これからの時代、面倒なことは全部ロボットがやってくれるようになりますよ。だから、人間は好きなことだけをやればいいいんですよ」

聞いているだけでワクワクしてくる。

僕はメディアアーティストの落合陽一さんとも親しくしている。

「ワーク・ライフ・バランス」という言葉があるけれど、彼が提唱しているのは、「ワーク・アズ・ライフ」だ。これは仕事と生活が一体となったライフスタイルのことを意味している。好きなことを仕事にすれば、「仕事＝趣味」という考え方が成り立ち、寝ている時間以外はすべて好きなことに費やせるのだという。実に斬新な発想だなと思った。

そうやって若い人たちの新しい考えを聞いているのは、とても楽しい。そこで新しい情報を得られれば、脳に刺激を与えられる。

僕がそう言うと、「でも、若い人は年寄りと話すのを嫌がるのではないか」「若者と共通の話題がないから、コミュニケーションがとりづらい」と尻込みする人がいるけれど、そんなことはない。

実を言うと、僕だって若者と共通の話題があるかと問われれば自信はない。そんな僕が若い人と話すときに心がけているのは、とにかく相手の話に興味を持つことだ。

「話を聞きたい」

「わからないから教えてほしい」

そうしたこちらの気持ちが伝われば、相手も気軽に話してくれるのではないか。

自分の話に興味を持たれて嫌な気分になる人は少ないと僕は思っている。

だから、僕は自分を批判している人とも話をしたい。批判するということは、僕に興味を持ち、話を聞きたがっているということだから、むしろありがたい。例えば、評論家の佐高信さんと僕はこれまで何度もやりあったけれど、常に本音で議論してきたから、今はすごく仲がいい。

話をすることは楽しいし、言葉を選んだり、相手の話の意図をくみとったりしなければならないから、ある種の緊張感も得られる。それが脳を活性化させ、老いを遠ざけることにつながっていくのだ。

嫌われ老人にならないために

僕は仕事柄、たくさんの人に会うが、相手と話す際に気をつけているのが、なるべく難しい言葉や専門用語を使わないということ。これは「朝まで生テレビ！」

や「激論！クロスファイア」に出演する際も心がけている。やたらと専門用語を使ってしまうと、相手に真意が伝わらず議論が成り立たなくなるからだ。

僕自身も専門用語を使われると理解できないことがある。そんなときは、「僕は頭が悪いからよくわからない。もっと僕がわかるように言って」とお願いしている。そうすれば、相手はきちんと説明してくれる。

日常会話でも同様のことがいえる。年配者によく見かけるのが、わざと専門用語を使って優位に立とうとすることだ。これはいけない。

若者とうまく話ができない、どうも敬遠されているような気がすると感じたら、普段の自分の話し方を振り返ってみてはどうか。専門用語を連発する以外にも、こんなことに気づきはしないだろうか。

説教口調になっている。

自分の意見を押しつけている。

批判が多い。

現役時代にある程度の役職につくなどして、まわりからチヤホヤされていた人は、リタイア後もそのクセが抜けないため、どうしても上から目線な物言いになってしまう。説教口調になりやすく、自分の意見を押しつけがち。こういう人は、地域社会で間違いなく嫌われる。

また、高齢者のなかには批判好きな人がいる。

「安倍（晋三）はダメだ、菅（義偉）もダメだ、岸田（文雄）もダメだ、だから日本の政治はダメだ」とまあ、こういう具合だ。「ダメ」のオンパレードだ。

批判が悪いとは言わない。ただ、批判は対案とセットでなければいけないと僕は思っている。なのに、批判するだけで終わってしまう人が実に多い。皆、対案がない。それは政治の世界でも同じだ。

僕はいつも、野党の議員たちにこう言っている。

「野党の国会議員は、自民党を批判すると選挙に勝てるから批判する。批判するのはいい、だけど、それで終わっちゃうからダメなんだ」と。

アベノミクスが成功したとは、国民の誰も思っていない、自民党の人間だって思っていない。安倍さん本人も思っていないかもしれない。どうすれば国がよくなるかわからないから、皆、困っているのだ。国民はアベノミクスの批判なども聞きたくない。だから、野党は「我々だったらこうする」というビジョンを示すべきなのだ。

高齢者だって批判ばかりしていたら、悲観的で殺伐とした気持ちになってしまうだろう。批判をするより、対案を考えるほうがはるかに建設的だ。

若者に煙たがられる高齢者がいる一方で、例えば、習いごとの教室やマンションの管理組合・理事会などで、常に話の輪の中心にいる高齢者もいる。一体何が違うのか。人気のある高齢者は、相手の話を聞き、上手に褒めることのできる人だ。

「よく頑張っている」「資料の整理がうまい」「気配りができる」など気がついたら褒める。褒め言葉を惜しまない相手に対して人は親しみを抱き、心を開くようになるし、相談ごとを持ちかけてみようという気になるものだ。

僕も相手の話を面白がり、褒めることのできる高齢者でいたいと思っている。

女性活躍の場を増やしたい

僕にとっては人と話すことが脳トレであり、大きな楽しみでもある。だから誰かが議論していると、すぐに首を突っ込みたくなる。

しかし、そんなおしゃべりな僕が一切口をはさめない会合もある。

それが2021年5月12日に発足した超党派の女性議員による「クオータ制実現に向けての勉強会」だ。

「クオータ制」とは、例えば政治家や企業の経営者に男女比率の偏りが生じないよう、選挙候補者の一定比率を女性に割り当てる制度だ。ノルウェーが発祥であり、地方選挙レベルも含めると、130の国と地域で採用されているが、日本ではまだ導入されていない。

残念ながら、日本は女性参画意識が低いといわざるを得ない。

何しろ、世界経済フォーラム（WEF）が国別に男女格差を数値化した「ジェンダーギャップ指数2021」で、日本は調査対象となった世界156カ国で120位。主要7カ国では最下位だ。これは何とかしなければいけない。

まずは女性議員の比率を全体の3分の1にしないと世界に対しても恥ずかしい。そして近い将来には、女性議員を半分にするために女性たちに頑張ってほしい、僕がそう呼びかけ、この勉強会が始まった。

事務局長を務めるジャーナリストの長野智子さんのもと、第1回目の会合に出席したのは、自民党の野田聖子さん、立憲民主党の辻元清美さん、公明党の古屋範子さん、日本維新の会の石井苗子さん、共産党の畑野君枝さん、国民民主党の矢田稚子《やたわかこ》さん、そして社会民主党の福島瑞穂さんと、7党全党から女性議員が集まった。皆、党の顔として精力的に活動している人たちだ。

会合では党派の垣根を超えて活発な議論が交わされていたが、話を聞いてみないとわからないことがたくさんあると実感した。

改めて強く感じたのは、永田町は完全な男社会だということだ。例えば、部会が朝8時からスタートすれば、幼い子どものいる女性議員は早朝から預けられる場所を探さなければいけない。夜、ヘトヘトになって帰っても掃除、洗濯、料理といった家事が待っている。子どもを預けていれば迎えに行く。

しかし、女性議員の数が増えれば、お互い助け合うことができるし、男性議員の意識を変えることもできる。早くそうしたいと話していた。

会合で僕が意見を挟もうとすると、野田聖子さんあたりが「田原さん、ここはちょっと私に話させて！」と言い、割って入るのを止められてしまう。野田さんは、「男性にしかできないと思われている仕事が実はそうではないと国民に理解してもらうには、クオータ制で『見える化』すること」だと語っていた。

まさにその通りだ。このおしゃべりな僕がずっと聞き役にまわっていたが、彼女たちの話を聞いて改めて知ることも多い。僕にとっては貴重な機会だ。

この勉強会には、作家でエッセイストでもある下重暁子さんも参加してくれた。下重さんは元NHKのアナウンサーで、再婚した僕の妻は元日本テレビのアナウンサー。ともにアナウンサーのふたりは同い年で友人だった。

今とは比較にならないほど、男女差別が激しい時代に下重さんも僕の妻もたくさんの理不尽と闘い続けてきた。彼女たちのように多くの女性が闘ってきた結果として、女性の活躍の場は増えた。しかし、それでもジェンダーギャップの面で、日本はまだまだ「後進国」なのだ。

登壇した下重さんはこう語った。

自分が就職する頃、女性は就職する先がなかった。それを考えると、今はかなり門戸が広がった。女性にとって一見するといい世の中になったように思えるけれど、まだ奥深さがない。それぞれの場で女性の力が十分に活かしきれていない、と下重さんは訴えていたのだ。

その言葉に女性議員たちが深くうなずいていた。

男女平等の意識について、僕は生前の妻からかなり厳しく「教育」された。それでも長年染みついた概念を消し去るにはどうしても時間がかかり、まだまだ不十分なところもある。まわりを見渡しても、僕同様「不十分な」男性は多い。だからこそ、野田さんの言う「見える化」はとてもいい。僕も「クオータ制」の必要性を強く感じている。

あまり言いすぎると、逆差別になってしまうかもしれないが、僕は男性より女性のほうが能力的に優れていると思っている。だから、もっと女性が活躍する社会になってほしいと心から願う。それを目指し、今後もこの勉強会は続けていくつもりだ。

若者への提言も高齢者の役目である

女性が活躍する社会であると同時に、若者が新しいことにどんどんチャレンジできる社会にもなってほしいと願っている。

僕が高校生だった頃の日本は、戦後の高度経済成長期に突入しようとしていた。成績で社会的地位が決定するという傾向が強まっていくなかで学生時代を送った僕ら世代は、やりたいことを見つけるよりも、ひたすら勉強に精を出し、いい大学、いい会社に入り、そこで偉くなることを目指してきた。

幸い僕の場合、40代で会社を辞め、フリーランスになって自分のやりたいことに邁進することができた。しかし、僕と同年代か、少し下の世代の人たちの多くは、こうした教育に従って、定年までひとつの会社で必死に勤め上げてきたに違いない。

僕らが学生の頃、会社を選ぶ基準はこうだった。

まず、倒産しない、次に給料がいい、そして、なるべく残業がない、この3つだ。何がしたいという具体的な目標もないため、入社後は昇進することが目的になっていく。だから、リタイアして会社員という身分を離れると、とくにやりたいこともなく、時間を持て余すことになってしまう。

しかし、時代は変わった。コロナ禍で企業を取り巻く環境は激変し、働き方改革や終身雇用の再考が求められている。

2019年にトヨタ自動車の豊田章男社長が語った「終身雇用を守っていくのは難しい局面に入ってきた」という発言からもわかるように、今や大手企業も厳しい経営状況下にある。

また、サントリーホールディングスの新浪剛史社長が提言した「45歳定年制」も大きな波紋を呼んだ。新浪社長の発言の意図が「個人が会社に頼らない仕組みが必要」だったように、こういう時代だからこそ、若者は好きなことや、やりたいことにどんどんチャレンジすべきだと思っている。

僕は以前、「PRESIDENT」という雑誌の連載でベンチャー企業を立ち上げた人たちを取材していたことがある。彼らの多くは20代、30代で、いったん就職したものの、会社に指示されたことをやるだけではつまらないと思い、自分がやりたいことを叶えるために新たなビジネスを立ち上げていた。

今はインターネットが普及したため、大きなオフィスを構える必要もなく、手軽にビジネスを始められる時代になった。実に頼もしい若者たちだと思った。

老後の生活を豊かにするためには、早いうちから好きなことやりたいことを見つけるべきだ。しかし、高齢者のなかにはそれをしないまま老後を迎えてしまい、何をすべきかわからず悩んでいる人は多い。

退職前に勤めていた会社名や当時の肩書を入れた名刺をもらうことがときどきある。「元・○○株式会社　常務取締役」といった具合に、現役時代、高い地位に就いていた人に多いが、そんなものは退職してしまえば意味をなさない。いつまでも過去の栄光にしがみついていたら、地域社会に溶け込むことはできないし、新しい友人をつくることもできない。

今の若者世代が同じ轍を踏まないよう、僕ら年配者は失敗も含めた自分の経験を前提として、現役のうちに好きなことを見つけておくべきだと彼らに伝えていく役目がある。僕はそう心がけているし、これからも続けていくつもりだ。

高校の同窓会で脳を活性化する

会社をリタイアすると、急に同窓会の誘いが増えるそうだ。小学校や中学校、高校、大学など、学生時代の同級生から同窓会の案内が届くのはうれしいものだ。現役時代は疎遠になっていた友人との再会は懐かしく楽しい。

仕事をしている間は、どうしてもビジネス上のつきあいを優先しがちだが、現役を離れると、「そういえば、高校時代のあいつは何をやっているだろう」と思い出す機会も増えてくる。余計なしがらみがなく、本音で話ができる学生時代の友人と過ごす時間は、いくつになっても愛おしいものだ。

新型コロナウイルスの感染が拡大する前は、僕も故郷の滋賀県から東京に出てきている高校の同級生6人で同窓会をやっていた。定年後に何となく集まりはじめ、気づけば月に1回、定期的に同窓会を開くようになった。

高校時代の友達は、会えばいつでも当時の自分たちに戻ることができる。誰々は転んで入院したらしい、孫が結婚したようだなど、その場にいない同級生の話や、高校時代の他愛もない思い出話など、何度同じ話をしてもそのたびに盛り上がれる。この年まで皆、元気で生きていてくれることに感謝したい。

定年後、人と会う機会が少なくなってしまったという人は、同窓会に参加するといい。きっとほかのみんなも同じような境遇に置かれ、会いたいと思っているに違いない。

同窓会が開かれ、さらにそれが定期的に続くかどうかは、世話好きの幹事の存在がポイントだ。

「うちのクラスは幹事をやる人がいないから同窓会が開かれない」と嘆くならば、いっそのこと自分が幹事に手を挙げればいいではないか。幹事を買って出れば、まわりから感謝されるし、連絡作業で脳は活性化される、いいこと尽くしだ。

誰かが誘ってくれるのを待つのではなく、会いたい人がいるなら、自分からどんどん連絡をとる。いつか会えるだろう、なんて思っていたら大間違いだ。高齢になると、足腰が弱ったり病気をしたりして、いつ外出できなくなってしまうかわからないし、場合によっては鬼籍に入ってしまうことだってある。

仕事をリタイアした人たちが、同期会をやるという話も聞く。新しい出会いをつくるのが難しいなら、かつての仲間と会う機会をどんどんつくればいいのだ。

なかには、そうした誘いを億劫に感じる人もいるかもしれない。せっかく案内が届いているのに、何となく面倒で出席しないままにしている人に言いたい。面倒だと思ったときこそ、あえて逆の行動に出てみようではないか、と。

期待値が低かった分、出かけた先で思いがけない楽しさに出合えれば、喜びは倍増する。「来てよかった」「やってよかった」というプラスの体験を増やしていけば、人生はどんどん充実した楽しいものになるはずだ。

現役時代の序列から解放され、対等な立場で懐かしい話に笑い合ったり、ときに互いの「老い」を慰め合ったりできるのが同窓会や同期会のいいところだ。

思い出話に花を咲かせることには、脳を活性化し情緒を安定させる働きがあるという。認知症予防や認知症患者の心理療法に用いられるものに「回想法」と呼ばれるものがある。懐かしい写真を見たり、音楽を聴いたりしながら思い出を振り返ることで、気持ちの安定や脳の活性化を促そうとする方法だが、どうやら同窓会にも同様の効果があるようだ。懐かしい友人に会って話をすると、元気が湧いてくるというのは、回想法の効果が出ているのかもしれない。

恋愛に年齢制限はない

いくつになっても、ときめきは忘れたくない。

僕は2019年、高齢者の性をテーマにした『シルバーセックス論』（宝島社）を上梓した。取材を重ねてわかったのは、人は老いても恋愛したいし、セックスへの欲求は失われないということだ。

年齢とともに異性への興味を失ってしまうなど、とんでもない誤解だ。現に僕自身、87歳になった今も、学生時代にあこがれていた女性と食事デートをしている。

のちに詳述するが、僕は70歳のときにふたり目の妻を亡くしている。喪失感を埋めるため仕事にのめり込んでいたが、それから3年後、73歳のとき、たまたま出席した同窓会で再会したのが、今の彼女だ。
彼女は学生時代の同級生で、ずいぶん前に連れ合いを亡くし、独身に戻ってい
た。僕はその場で彼女を食事に誘い、今もたまに会ってデートを楽しんでいる。
もちろんお互いの家族公認のつきあいだ。
当時の彼女は知的で聡明な人だった。
それは今も変わらず、政治経済や外交など、世の中のニュースに関心が高く、
僕の話にとても興味を持ってくれる。少し前のことになるが、2021年4月に
行われた日米首脳会談にも興味津々で、僕の話に真剣に耳を傾けてくれた。
「朝まで生テレビ！」や「激論！クロスファイア」を毎回欠かさず見てくれてい
るので、番組の内容について意見交換することもある。
その一方、青春時代の思い出や同級生の話で一緒に盛り上がれるのもうれしい。
懐かしい話はどんどん出てくるので、何時間でも話していられる。彼女は自分の
孫のことなど、家族の話を聞かせてくれる。それを聞いているのも楽しい。

彼女との時間は、同窓会では味わえない楽しさがある。何より胸がときめく。僕は彼女にならだまされてもいいと思っている。それだけ信頼し、心を許しているということだ。いくら心を許していても、男友達にはだまされてもいいとは思わない。そこが恋愛と友情の違いかもしれない。

デートでは主に食事に出かけている。僕は食べられるものがとても少ないので、一緒のテーブルについても、お互いバラバラのものを食べている。若い頃なら無理して相手の好みに合わせようとしたかもしれないが、この年になったらそれはもうない。高齢者の恋愛は無理しないことが一番だ。

もちろんお互いに伴侶がいないことが前提だが、「老いらくの恋」という言葉があるように、いくつになっても恋愛はしたほうがいい。異性に対してときめくことは、何より脳を活性化してくれるのではないかと僕は思っている。

おしゃれを忘れてはいけない

日本人は結婚して数十年も経てば、お互いを異性として見なくなってしまうようだ。しかし、欧米人は違う。レストランも旅行も夫婦単位で出かける。また、ホームパーティーが頻繁に開かれ、そこにも夫婦で出かける。

そのため、男性もいくつになってもおしゃれに気をつかっている。

おしゃれは気持ちを前向きにさせる効果がある。「もう年だから」と、年齢を言い訳にして着るものに無頓着になると、どんどん老け込んでしまう。

そうなれば、夫婦で出かけようという気も起きず、ますます老け込むという負の連鎖に陥ってしまう。

自分で着るものを選んだり、コーディネートしたりできればいいが、退職してスーツを脱いだ途端、何を着ていいかわからなくなってしまう男性も多い。服選びに悩んだら、まずは家族や友人など身近にいる人に聞いてみることだ。買い物に行った先で相談してみるのもいい。

僕の場合、「朝まで生テレビ！」や「激論！クロスファイア」に出る際は、番組のスタイリストさんが衣装を揃えてくれる。また、毎日通いで来てくれている家政婦さんが、「そのネクタイよりも、こっちのほうがお似合いですよ」などとアドバイスしてくれるので助かっている。

センスよく着こなすことも大事だが、高齢者の場合、それ以上に気をつけたいのが、だらしなくならないこと。シワだらけのシャツやシミのついたズボン、毛玉のできたジャケットなどを身につけていては、よりいっそう老け込んで見えてしまう。僕はおしゃれではないが、仕事をするからには、清潔感のあるきちんとした格好をしようと心がけている。

おしゃれには「他人の評価」が重要な役割を果たす。

「そのネクタイ、素敵ですね」「今日はおしゃれなジャケットを着ていらっしゃいますね」などと褒められればうれしいし、次も褒められたいから、あれこれ工夫するようになるだろう。

「外食にはこの服がいい」「遠出するときはこっちのジャケットを着よう」など、行先と目的に合わせて服のコーディネートを考えるのは、難しいけれど楽しい。僕だってデートのときはそれなりに見栄を張りたくなる。それが若さを保つ秘訣ではないか。

大人になってからの勉強はがぜん面白くなる

人は何歳になっても学ぶことができるし、高齢になってからの勉強はむしろ楽しい。なぜなら、自分の好きなことだけを選んで学べるからだ。しかも高齢者には時間はたっぷりある。若い頃に挫折してしまったことを勉強し直す、まったく未知の分野にチャレンジするなど、学びの可能性はどんどん広がっていく。

幸い今は、自治体の生涯学習講座やカルチャースクール、放送大学など、高齢者が学べる場所はいくらでもある。

コメディアンの萩本欽一さんは73歳で駒澤大学仏教学部に入学した。

僕は萩本さんと2度対談したことがあるが、そのとき彼は大学について、いろいろな話をしてくれた。

70歳を過ぎると物忘れが激しくなる。ならば、新しい知識をどんどん入れればいいと思ったそうだ。しかも、難しいからという理由であえて仏教学部を選んだという。仏教を勉強して素敵な言葉をたくさん知ったら、お笑いや番組づくりに活かせるのではないかとも思ったというのだ。

また、大学に入学して3ついいことがあったと言っていた。

まず友達がいっぱいできたこと。昼でも夜でも一緒に喫茶店に行って話をする相手がいるから孤独にならない。

ふたつ目は、いつも一番前の席で授業を受けるから先生が面白いことを言ってくれる。そして、授業を受けていると、新しくやりたいことがどんどん見つかる、これが3つ目。とにかく毎日が楽しいと語っていた。

体が動くうちにもう一度全力でお笑いに取り組みたいと、2019年5月に自主退学するが、それまでは欠席日数ゼロ、優秀な学生として有名だったそうだ。

萩本さんのように高齢になってから大学に入るのはかなりハードルが高いが、シニア向けの公開講座を開いている大学もあり、これなら興味のある講座を単発で選ぶことができる。さらに、大学によっては会員証が発行され、図書館などの施設を利用できる場合もあるそうだ。

図書館で調べものをしたり、本を読んだりすれば、学習意欲も高まるし、何よりキャンパスの雰囲気が気持ちを沸き立たせてくれるだろう。

たとえ1時間半の授業を週に1回受けるだけでも、定期的に通う場所があれば、生活に張り合いが生まれるはずだ。興味を同じにする友人ができれば、より楽しくなる。高齢になってからの勉強は、学び以外にさまざまな喜びをもたらしてくれるのだ。

定年後も働いて社会とつながる

男性は会社の中でしか人間関係をつくれないが、女性は趣味の仲間やご近所同士のつながりなど、職場以外の人間関係を構築することがうまい。だから、夫が定年になろうが、自分はそれまでの生活を続けるだけだが、男性はそうはいかない。退職を境に行く場所をなくしてしまい、これといってやりたいこともない。

例えば一緒に旅行に出かける、家庭菜園をやるなど、夫婦で一緒に打ち込める趣味があればいいが、そうでなければ男性がお荷物になってしまいかねず、果ては熟年離婚などということにもなりかねない。

では、どうしたらいいか。

現役老人である僕からのアドバイスは、やはり働くことだ。

それもできるだけ長く働く。それを老後の目標にしてもいい。

ドワンゴ人工知能研究所前所長で、現在は全脳アーキテクチャ・イニシアティブ代表の山川宏さんがこんなことを言っていた。

定年後、たとえ十分な貯えがあったとしても、やっぱり何か打ち込めることがないとつまらない。だから、やりたいことを見つけるべきだし、それによって社会とのつながりを維持できれば精神の活性化にもつながるだろうと。まさにその通りだ。

高齢者には一応年金がある。しかし、その額については個人差が大きい。

例えば、40年間会社勤めをし、厚生年金に加入し続けていれば、現役時代の年収にもよるが、月20万円程度の年金が支給される。一方、僕のように途中で退職したり、転職を繰り返していたりするような人の場合は、加入期間が短くなり、受け取る年金額も少なくなる。小規模企業のなかには、厚生年金に加入していない会社もあるようだ。

果たして年金は当てにできるのか。

2018年4月には、財務省の財政制度分科会において「年金の支給開始年齢を65歳から68歳へと引き上げる」という提案がなされた。このままいけば、近い将来、年金支給年齢は75歳まで引き上げられると僕は考えている。ある程度の生活水準を保つためにも、また、やりがいを得るためにも、やはり働くことは必要ではないか。

現役時代のように週5日、朝から晩まで働き、残業は当たり前で休みも取れない、というハードな働き方ではなく、体の調子や自分の都合に合わせて仕事を選ぶのが、定年後の働き方だ。週の半分は仕事をし、半分は趣味の時間に充てる、という働き方だってできるだろう。

もちろん、現役時代のような収入を得ることは難しいかもしれないが、それでも、働くことで社会との接点を持ち、必要とされることに生きがいを感じられれば脳が活性化されるし、体を動かすことは健康増進に役立つ。

定年後の「お金」「健康」「生きがい」は三位一体だという。「生きがい」が見つからないと、精神的に不安定になり、病気を発症しやすくなり、「健康」問題に発展しかねない。体調を崩し病院にかかることになれば、「お金」の心配も発生してくるだろう。

定年後の時間に関し興味深い数字がある。

22歳から65歳まで働けば勤務年数は43年間になる。会社に拘束されている時間を1日8時間とし、年間250日働いたとしよう。すると次の計算式が成り立つ。

8(時間)×250(日)×43(年)=8万6000時間

一方、定年後はどうか。1日14時間を自由に使える日が365日続くと仮定する。男性の65歳からの平均余命は約20年なので、次のような計算式になる。

14（時間）×365（日）×20（年）＝10万2200時間

つまり、会社で43年間過ごした以上の長い時間が、定年後に待っているのだ。これだけの長い時間、果たして何もしないで過ごせるだろうか。きっとヒマで耐えられなくなるに違いない。趣味もなく、やりたいことも見つからないというのなら、まずは働こうではないか。

60歳以上の9割が「定年後も働きたい」

内閣府の『令和2年度版高齢社会白書』によれば、現在仕事をしている60歳以上の約4割が「働けるうちはいつまでも」働きたいと回答している。70歳くらいまで、もしくはそれ以上との回答と合計すれば、働く意思を持っている人は、何と全体の約9割にものぼるという。

一方、「仕事をしたいと思わない」と回答した人は1割にも満たない。

つまり、ほとんどの人が退職後も何らかの仕事をしたいと考えているのだ。

2007年、日本は65歳以上の高齢者の人口割合が全体の21％以上を占める、超高齢社会へ突入した。2025年には高齢者の人口割合が30％の大台に乗るといわれ、労働人口が減少することは明らかだ。能力も意欲もある高齢者が働くことは、国民経済維持のためにも必要なことなのだ。

働く意欲さえあれば、いくつになっても仕事をすることは可能だ。

実際、富山県のマクドナルド店舗では93歳の男性スタッフが働いている。彼は一緒に働く仲間の存在がとても大きいと語り、やりがいを感じながら仕事に取り組んでいるという。仕事は主に客席の清掃とメニューの下ごしらえで、1日5時間、週4日の勤務だが、彼の働く姿を見て同僚たちは、「人は何歳からでも挑戦できると感じた」と勇気づけられているというのだ。素晴らしい話ではないか。

年をとったからといって、自分はもう要らない人間だ、などと思う必要はない。

30代、40代と同じように、がむしゃらに仕事をすることはできないが、彼のように、自分のできる範囲で職場の役に立つことは十分できるのだ。

僕のそうした意見に対し、いや、自分は公的年金や企業年金がそれなりに受け取れるから、働く必要に迫られていない、と言う人もいるかもしれない。しかし、たとえ老後資金に余裕があっても、できるだけ働いたほうがいい。

何しろ、定年後は10万2200時間という、気の遠くなるほど長い時間が待っている。趣味に旅行に明け暮れていても、それだけで充実感を得ることは難しい。いずれ飽きてしまい、結局は仕事を探すことになるのなら、できるだけ体が元気なうちに動き出したほうが見つかる可能性が大きいに違いない。

今後人工知能が普及すれば、人間の仕事は減っていくといわれるが、その一方で、新しい仕事はどんどん増えると僕は思っている。そのなかには高齢者でもできる仕事が必ずあるはずだ。

居住地の自治体の支援を受けて運営する「シルバー人材センター」に登録して

仕事を探すという方法もある。月平均の就業日数は10日前後で、賃金は月3万〜5万円というところらしい。必ずしも現役時代のキャリアが活かされるというわけではないし、賃金が高いわけでもない。しかしそれは問題ではない。月に何日かは必ず人に会い、必要とされる仕事をする。出かけるとなれば、多少は身なりにも気をつかわなければならない。そうすることで脳を活性化し、張り合いを維持することが大事なのだ。

僕の娘はキッズシッターを頼んでいる。現役時代、幼稚園や保育園で働いていた人たちがつくったＮＰＯ団体があり、そこに登録している方にずっとお願いしているらしい。ベテランなので、とても頼りになると感謝していた。

高齢者同士で仲間を募り、自分たちの働き口を確保するビジネスを始めるのも面白そうだ。仕事をしたい高齢者に登録してもらい、依頼のあった場所に派遣するなど、アイデア次第で可能性はどんどん広がっていく。

認知症予防のための脳トレ本が人気を呼んでいるようだが、僕はそういった類の本には興味がないので、やったことはない。人と話したり仕事をしたりするほうが、はるかに脳を活性化させ、なおかつ社会とのつながりを持てると考えるからだ。

第４章

いくつになっても生きがいは見つけられる

オンラインのコミュニケーション苦手克服法

新型コロナウイルスの感染予防のため、「Ｚｏｏｍ（ズーム）」をはじめ、新しいオンラインツールがどんどん増えている。正直言うと、僕らの世代はオンラインに慣れていないから、使いこなすのはなかなかハードルが高い。

２０２０年4月ごろからテレビ業界も番組制作が一部リモート化されるようになり、僕も「朝まで生テレビ！」や「激論！クロスファイア」にスタジオ以外の場所から何度かリモート出演した。やはり、最初はかなり戸惑ってしまった。

とくに「朝まで生テレビ！」はパネリストと呼ばれる複数の出演者が侃々諤々《けんけんがくがく》の討論を繰り広げるため、なおさらリモート対応は難しい。コロナ前は10人ほどのパネリストをスタジオに集め、熱気あふれるなかで自由闊達に意見を闘わせていた。しかし、コロナ禍ではそれもかなわない。3密を避けるために、スタジオの人数を絞り、さらに司会の僕をはじめ、各パネリストをオンラインで結ぶなどして対応した。

フェイス・トゥ・フェイスなら話の間合いを読んで、「それはね！」とすぐに会話に入っていけるが、リモートではそうはいかない。割って入るまでに、2秒くらいのタイムラグがある。

また、ひとりが発言し終わるのを待たなければならないため、活発な討論に発展しないし、会話がスムーズに噛み合わないこともしばしばだった。

画面越しでは相手の表情がうまく読み取れず、感情の変化を察知しにくいという難点もある。それでも、ウェブメディアの対談企画などにも挑戦しているので、しばらく続ければオンラインが苦手な僕でもいずれ慣れてきてフェイス・トゥ・フェイスのようなやり取りができるようになるだろうと期待している。

一方、コロナ禍で社会人になった若者たちは、僕がリモート出演に抵抗を感じているのと同様に、対面業務に苦労しているらしいと聞く。入社直後からずっとリモート勤務だったため、パソコンの画面越しにしか話したことのない上司や同僚とリアルな職場でどう接すればよいかわからないというのだ。それぞれに悩みがあるものだ。

ところで、これだけ業務のオンライン化が進んでいるのだから、国会もリモートで行われてもいいのではないか。そうすれば、本会議場が3密になるのが避けられる。国民にはリモートワークやオンラインの活用を要請しているのだから、国会議員もリモート対応すべきではないかと僕は思っている。

オンラインが高齢者の可能性を広げる

僕自身、オンラインを使いこなせているとは言い難いが、うまく活用すれば、高齢者の社会参加のチャンスが増えるのではないかと思っている。

テレビの収録同様、カルチャーセンターをはじめとした習いごとの多くがオンラインを取り入れたことで、自宅でも受講できるようになった。対面で教われない物足りなさはあるかもしれないが、むしろこれは高齢者にとってチャンスではないだろうか。

例えば、足腰が弱くなり歩くのに不自由している、遠出は難しいという人でも、オンライン講座なら参加できる。また、オンライン講座は対面より受講料が安く抑えられていることが多いのもメリットだろう。

コンサートの配信サービスを利用したり、オンラインイベントに参加したりすることで、高齢者の楽しみはどんどん広がっていくはずだ。

また、オンラインは人と人との距離も縮めてくれる。

娘の友人がカナダ在住のカナダ人にオンラインで日本語を教えていて、しかもそのカナダ人は「朝まで生テレビ！」の大ファンだった。録画した番組を観てくれていて、なんとオープニングのテーマ音楽をスマートフォンの着信メロディにしているというのだ。

「せっかくなので、オンラインで本人と話してみませんか」と誘われ、カナダにいるご本人とコミュニケーションをとる機会を得た。なるほど、オンラインを利用すれば国境を越えた交流も簡単にできるのか。オンラインは面白いと感じた。

ただし、僕はまだひとりでは操作できない。だから、娘をはじめ、まわりの人に設定や操作方法を教えてもらわなければいけない。娘からは、「一方的に『やって』と言うだけで任せっきり」といつも怒られている。

おそらく僕のような高齢者は多いはずだ。

定年直後の60代ならまだしも、70歳、80歳を過ぎてインターネットの使い方を覚えるのは容易ではない。しかし、仕事ができるレベルまで使いこなせるようになる必要はない。自分が使いたい機能だけ操作できればいいと割り切れば、多少は抵抗感が減るのではないか。

例えば、オンライン講座に参加したり、遠方の友人と会話をしたりする。コロナの感染拡大を防ぐため、「オンライン帰省」が推奨されていたが、簡単な操作さえマスターすれば、それも可能だ。なにより多少なりともインターネットを使いこなせれば、情報収集が可能になり、生活が便利になることは間違いない。

オンラインを通して周囲とコミュニケーションをはかることで、生活に張り合いが生まれ、前向きになることができるはずだ。オンラインは、高齢者の人生を豊かにしてくれるのではないだろうか。

面白そうな誘いは断らない

ここまでオンラインは苦手とさんざん言ってきたが、実は僕はときどき「Ｃｌｕｂｈｏｕｓｅ（クラブハウス）」をやっている。そう言うと周囲の人間は驚くが、ジャーナリストでスマートニュースメディア研究所所長の瀬尾傑《まさる》さんが誘ってくれたのだ。

クラブハウスについては誘われるまで知らなかったが、アメリカ発の音声SNSアプリで、招待された人同士がアプリ上の「room（ルーム）」で自由に会話ができるという仕組みだと知って、これは面白いと思った。なにしろ僕の唯一の趣味といえるのが人に会って話すこと。音声だけなので相手の顔は見えないが、クラブハウスを使えば大勢の人とずっとしゃべっていられる。

オンラインは苦手だが、拒否しているというわけではない。むしろ、面白そうな誘いにはこれからもどんどん乗っていこうと思う。とくに若い人と交流をはかれるのは刺激になるし、なにより楽しい。

1回目のクラブハウスでは、瀬尾さんがあちこちに声をかけてくれたこともあり、大勢の人が参加した。

政治家では、社会民主党の福島瑞穂さん、自民党の稲田朋美さん、国民新党の伊藤孝恵さん、ほかに、三浦瑠麗さん、津田大介さん、古市憲寿さんらもいた。

始まったら、どんどん人が増えてきて、最終的にはクラブハウスの上限5000人に達したと聞いている。とにかくたくさんの人が参加してくれた。

1回目のテーマは主に安全保障とコロナ対策で、2時間くらい会話を楽しんだ。話していた僕はもちろん楽しかったが、そこに参加し聴いていたお笑いコンビ「チュートリアル」の徳井義実さんと芸人の今田耕司さんが、その後、やはりクラブハウスで「田原さんのクラブハウスがすごく面白かった」と話していたそうだ。

最近は、堀江貴文さんが仕掛ける定額制の音声・動画型プラットフォーム「ZATSUDAN」も利用している。

こうした新しい情報発信ツールが多くの人に活用され、広がっていくのは大歓迎だ。

できないことがあっても気にしない

面白そうなことはなんでもやってみたいが、嫌なことは一切したくない。

オーケストラの指揮を無理してやろうとして消化器系に不調をきたしてしまったという話は、第1章で述べた通りだ。それに懲りて、やりたくないことは体が拒否反応を示す前に断ることにしている。

僕はとても不器用なので、できることは本当に少ない。これといった趣味もないので、仕事以外は何もできないと言ってもいいくらいだ。世の中には何でもそつなくこなす器用な人もいるが、僕はまったくその逆だ。

しかし、できることが少ないからこそ、その分、好きなことややりたい仕事に意識を集中させ、とことん追求できたのだと思う。

ということで、苦手なことは極力避けるようにしていたのだが、2013年、どうしても断りきれず受けてしまったイベントがある。

作家の林真理子さんが幹事長を務めている「エンジン01《ゼロワン》文化戦略会議」という文化人のボランティア団体があり、僕も個人会員として参加している。「エンジン01文化戦略会議」では年に1回、「オープンカレッジ」というイベントを開催しており、2013年には山梨県の甲府市で開催されることになった。イベントを盛り上げるため、幹事の面々に加え、山梨県知事や甲府市長、さらには甲府市で働く人たちがAKB48の「恋するフォーチュンクッキー」を歌とダンスでつなぐという動画が撮影されることになった。当時、幹事だった僕も参加しないわけにいかなくなったというわけだ。

時間にしてわずか数十秒のことだが、いくら練習しても僕にダンスは無理だ。そこで、ダンスは諦め、手拍子だけでいいと言われたが、それすらうまく合わせられない。あれは本当につらかった。

結局、ダンスも手拍子もなし。ワンフレーズだけ歌って勘弁してもらった。YouTubeにまだこの動画はアップされているので、興味のある方はご覧いただきたい。

僕は音楽が大の苦手で、コンサートに行くこともない。そもそも、2時間じっと座っていることができない。若い頃は劇団四季や蜷川幸雄さんが演出する舞台を観にいったこともあるが、今はもうほとんど足を運んでいない。

10年ほど前、娘に連れられてある俳優のミュージカルを観にいったのが最後だ。その方が、何かの番組でご一緒した縁で招待してくださったので、娘と一緒に出かけていった。しかし、第1部の途中から座っているのがつらくなってきて、時計ばかり見ていたら、娘に怒られた。

「もう帰って」と言われ、ひとりで先に帰らされてしまったのだ。

やはり苦手なことはするべきではなかった。無用なトラブルを招きかねない。

ボランティアに参加し地域と関わる

僕は3人兄弟の長男で、一番下の弟は77歳。彼は自分が住んでいる地域のボランティア活動に参加している。街の清掃や子どもの見守りなど、結構忙しくしているらしい。楽しそうに活動している様子を見ていると、地域と関わるのは意味のあることだと実感する。

定年で会社を離れたあと、頼りになるのは地域社会のつながりだ。

町内会など地域の集いに積極的に参加し、知り合いを増やしていくのもいいが、ボランティア活動を通して地域社会とのつながりを深めていくという方法もある。ボランティアをすることで地域の役に立てる喜びと充足感を得られれば、それが生きがいにつながっていくのではないだろうか。

ひと口にボランティアと言っても、その種類はさまざまだ。

スーパーボランティアと呼ばれる尾畠春夫さんは各地で災害が起きるたびに身ひとつで駆けつけ、復旧作業などの支援に尽力されている。ただし、尾畠さんは並外れた体力をお持ちだから、それができるのだ。体力に自信がない高齢者は、もっと身近で、自分のできる範囲で探せばいい。

僕の弟のような清掃活動や子どもの見守りをはじめ、学校や塾に行けない子どもの勉強をみる、外出がままならない高齢者のための買い物代行サービスなど、元気な高齢者にできることはいくらでもある。地方では、屋根に積もった雪おろしのボランティアなどもあるようだ。

美容師をしていた人が、デイケアなどの高齢者福祉施設で入所者の髪を整えてあげるボランティアをしているという話も聞いたことがある。インターネットで検索すれば、自分に合ったボランティアを見つけることができるだろう。

ただし、無理は禁物だ。

無償ボランティアといえども、それを必要としている人がいるわけだから、安易に引き受けて、途中で投げ出すようなことがあれば、かえって迷惑をかけてしまう。自分のできる範囲で責任を持って取り組む、それがボランティアの基本的な心構えだろう。

そういう僕はどうだろう。こうしてボランティアを勧めてはいるものの、果たして自分自身はできるのか。僕は死ぬ間際まで現役を続けたいと思っているので、ジャーナリストの一線から退き、弟のようなボランティアをするというのは正直言って、あまり想像ができない。

そう考えると、僕にできるボランティアは、やはり話をして何かを伝えることに尽きる。実際、政治家の地元で講演をしてほしいと頼まれ、ときどき話すことがある。これもボランティアだ。

講演は面白いし、その後の参加者との質疑応答がまた楽しい。

たまに答えられない難しい質問に出くわすこともあるが、あとで調べれば自分の勉強になるから苦にはならない。むしろ、どんどん僕を困らせてほしい。

ボランティアで皆さんの力になろうとしているものの、実は一番楽しませてもらっているのは僕なのかもしれない。

寄付で社会とつながりを持つ

ボランティアと聞いて僕が思い出すのが作家の曽野綾子さんだ。

曽野さんは1972年にNGO（民間の国際協力団体）であるJOMAS（海外邦人宣教者活動援助後援会）を創設し、代表として2012年まで約40年にわたってアジアやアフリカ、南米諸国の貧しい地域で働く日本人カトリック神父らを介して物資や資金を提供。現地の教育や医療、生活環境の改善に尽力してこられた。

ボランティアをしたいけれど、自分にできる仕事が見つからない、体力がない、あるいは事情があって外に出られないという人は、寄付で社会とつながる方法もある。

内閣府が2020年に発表した「令和元年度市民の社会貢献に関する実態調査」によると、2018年の1年間に「寄付をしたことがある」と回答したのは全体の41・3％で、年間の寄付金額の平均値は3万9569円だった。

アメリカやヨーロッパに比べ日本は寄付文化が根付いていないといわれるが、それでも日本人の約4割は寄付で社会貢献をしているのだ。

寄付と聞いて多くの人が思い浮かべるのが、地震や台風などが起きた際、被災地の方々へ届ける災害義援金だろう。被災地で支援活動をする機関や団体に役立ててもらう支援金もある。これらは自分がどういう機関や団体を支援したいかで送り先が変わってくる。

また、夢を叶えようと頑張っている若者をクラウドファンディング（インターネットを介し人々から資金を募るしくみ）で支援する、フェアトレード製品を適正な価格で購入し開発途上国の生産者や労働者の自立を促すなど、高齢者でも支援の手を差し伸べることはできるのだ。

僕は滋賀県の彦根市に生まれ育った。

田舎のことなので、子どもの頃はご近所同士が家に招き合って昼食をとっていた。そういうつき合いが日常的に行われ、ごく自然に助け合いながら生きてきた。

新型コロナウイルスの感染が広がり、マスク不足が問題になったとき、近所の方が僕に分けてくれたことがあった。これも助け合いのひとつだ。

助けてもらったことに感謝し、僕も機会があればお返ししたいと思っている。

助け合う心は、日常生活のどんな場面でも発揮できる。

例えば、電車の中で自分より年配者がいたら席をゆずる、重そうな荷物を持っている高齢者がいたら手伝う、うしろからくる人のためにドアを開けておく。高齢者だからといって、親切にされるのは当たり前と思ってはいけない。高齢者ほど、社会の役に立とうという気持ちを忘れてはいけないと僕は思う。

新聞は大人の知的好奇心を刺激する

僕は毎朝、全国・ブロックの新聞を6紙読んでいる。

朝日新聞、毎日新聞、読売新聞、日本経済新聞、産経新聞、東京新聞の6紙を約1時間かけて読む。このほかスポーツ紙にも目を通す。これが朝の習慣になっている。

僕は仕事柄、複数の新聞を読んでいるが、読者のみなさんは1紙で十分だろう。例えば、朝の1時間は必ず新聞を読む、これを日課にするのもいい。もちろん、僕に言われるまでもなく、すでに毎朝の習慣だという人もいるかもしれない。

ならば、これまでは自分には関係ないからと読み飛ばしていた面をじっくり読んだり、気になる記事があったら、ほかの新聞と読み比べてみたりしてはどうだろう。今はスマートフォンやタブレットで手軽にネットニュースが読めるので、購買しなくてもある程度の情報を入手することができる。

僕は社説と知り合いが取材に応じた記事はじっくり読むようにしているが、政治経済のニュースや国際情勢については、見出しを中心にざっと目を通す。

僕が新聞を読む目的は、情報を仕入れること以外にもうひとつある。それは同じ事件や政治の問題に関する各紙の取り上げ方や記事の方向性に違いを見つけることだ。新聞を読み比べていくと違いに気づく。すると僕のなかに、なぜ違いが生まれたのかという疑問が生まれる。

例えば、総理大臣の会見があったとする。発している言葉は変わらないはずなのに、新聞によって見解が違うことがある。

なぜ、違いが生じるのか。その疑問を解消するために、各新聞の記者に電話したり、場合によっては直接会ったりして話を聞き出すこともある。

こうした視点で新聞を読むと、各社の報道姿勢の差がはっきり見えてきて、より楽しめるのではないだろうか。

僕が今、一番興味を持って読んでいるのは産経新聞だ。産経は朝日を具体的に批判しているから面白い。

新聞を読むことは世の中に関心を持つための手段として有効なものだが、同時に認知症予防にも役立つようだ。愛知県の星城大学リハビリテーション学部が、健康な高齢者約7000人を5年にわたり追跡し、認知症リスク因子を調べたところ、いくつか見つかったうちのひとつに「新聞を読んでいない人」は「新聞を読んでいる人」に比べて1・51倍高いという結果が確認されたという。

新聞を読んで記事に疑問を感じたら、自分なりに調べてみる、それを言葉にして誰かに伝えるという一連の行動を通し、脳はより活性化される。だから、疑問を抱いたらぜひ家族や友人と話し合ってみてほしい。僕はいつもそうして議論しているが、それが生きがいでもあり、記憶力を高めることにもひと役買っていると思う。

社会をよくするために政治に関心を持つ

新聞を熟読することで疑問が湧き、政治に関心を深めていく人もいるだろう。

以前タレントとして活躍していた春香クリスティーンさんと話をしたときのことだ。スイス出身の彼女は、「スイスでは若い学生が集まると必ず政治の話で盛り上がるけれど、日本の学生は政治の話はしない。不思議な国ですね」と言っていた。確かにその通りだ。

国民が政治に関心を持たないと、政治家がどんどん緊張感をなくしていく。

選挙制度にも問題がある。かつての自民党は、派閥同士の論争、闘いもあった。ところが小選挙区制になり、自民党の国会議員は執行部から公認されなければ当選できない仕組みになった。だから、自民党の国会議員は執行部のご機嫌取りに終始し、安倍晋三（元）総理批判が党内から一切出てこなくなった。

野党が弱い、どこからも批判を受けない、それで自民党は気持ちがたるんで、森友学園への国有地払い下げ問題、加計学園の獣医学部新設計画にまつわる疑惑、「桜を見る会」前夜祭の問題、それから黒川弘務東京高等検察庁検事長の異例の定年延長を閣議決定するなど、スキャンダルを連発した。

実に情けないことだと思う。

しかし、嘆いてばかりではいられない。コロナ禍で市民生活が脅かされている今、政治に不満を抱いている国民が増えている。今ほど政治から目を離してはいけない時代はない。

政治に関心を持つための方法はいくつもある。

先に述べたように新聞を熟読する、国会中継を欠かさずチェックする、テレビの報道番組を見る、政治家が出るシンポジウムや講演会に出席するなどして生の声を聞いてみる、そこでもし応援したい政治家が見つかったら、ツイッターのフォロワーになったり、後援会に入会したりするという方法もある。

ある政治家の後援会に入り、応援を続けている知人の高齢女性がいる。長年応援していると、自分がその政治家を育てたような気分になり、とても身近な存在に感じられるのだそうだ。自ずと選挙活動にも熱心に関わるようになり、新聞やテレビで知るニュースも、他人事とは思えなくなるという。そうやって政治と関わる方法もあるのだなと感心した。

また、自治体の広報誌などに目を通し、自分が住んでいる地域のさまざまな取り組みに関心を持つのも大切なことだ。どうすれば地域を活性化できるか、身近な問題に目を向けることが、ひいては政治への関心につながっていくのではないだろうか。場合によっては、電話やメールやファックスで自治体に意見を直接届けることもできる。

声を上げることが自分たちの孫世代の暮らしを豊かにすることにつながると思えば、張り合いを持って活動できるのではないか。

読書は興味の幅を広げ想像力を培う

仕事柄、僕は本をよく読む。おそらく週に2、3冊のペースで読んでいる。さらに、各出版社から送られてくる週刊誌や月刊誌にも目を通しているので、常に大量の活字に触れている。

僕の場合、仕事の資料として読む本が多い。おそらく読者の中にも現役時代は、仕事や人間関係のさまざまな問題を解決するためにビジネス書をたくさん読んだという人もいるだろう。ならば、リタイア後は「自由な読書」を楽しむべきだ。

自分の知識と教養を深めるもよし、趣味に関する本や小説を楽しむもよし。会社員時代は時間がなくて、なかなか手を出せなかった本にじっくり取り組むことができるのも、リタイア後の楽しみといえるだろう。

今は何でもアマゾンや楽天などオンライン上のショッピングモールで買える時代だが、やはり本は書店に行って選びたい。わざわざ書店に足を運ぶのは億劫かもしれないが、たくさんの本が並んでいるなかから選ぶのは楽しいし、思わぬ出合いがあるものだ。

本を選ぶ際、僕が参考にしているのが新聞の書評欄や書籍広告だ。

そこで面白そうだと思ったものは切り抜いたりメモしたりしておいて、書店に立ち寄った際、探して買うことにしている。コロナ禍で閉店を余儀なくされた書店が増えているようで、実に寂しいことだ。僕の自宅近くの書店も閉店してしまったので、今はテレビ局の近くなど、よく出かける場所近辺にある書店を行きつけにし、足を運んでいる。

おすすめの本を教えてほしいと言われたら、僕はまず古典をあげる。

なかでも読んでほしいのが『古事記』や『日本書紀』といった古典だ。『古事記』は712年に編纂された日本最古の書物で、建国神話が記されている。一方の『日本書紀』は720年に完成した日本の歴史書だ。

僕がこれらの古典に興味を持つようになったのは、歴史のなかの天皇の存在について考えたことがきっかけだった。例えば、ヨーロッパや中国などでは、革命が起きればトップの座は入れ替わってしまう。しかし、日本は違う。薩摩藩と長州藩が革命を起こし、徳川幕府を倒しても、新政府の上に天皇が存在することは変わらなかった。

なぜ、日本人はそれほど天皇を敬うのか。『古事記』や『日本書紀』を読めば、その謎が解き明かされるのではないかと思ったのだ。今も読んでいるが、まだ明快な答えは得ていない。だからこれからも読み続けていくつもりだ。

さらに『古事記』には物語としての面白さもある。ひとりの青年の成長や親子の葛藤、友情、恋愛など、現代の人間ドラマにも通じる物語が描かれているので、読みはじめれば興味が湧いてくるはずだ。

現役を離れ、時間ができた今こそ、ぜひ『古事記』や『日本書紀』などの古典をじっくり読み込んでほしい。

古典とは真逆だが、「シンギュラリティ」を扱った本にも僕は興味がある。シンギュラリティとは、AI技術が人類の知能を超える時点を指す言葉だ。

いくら今の高齢者が元気だ、寿命が延びたといっても、僕ら年配者はAIが本格的に活躍する未来を見届けることはできない。すでに車の自動運転はどんどん進化しているし、病院での病変の画像診断、介護ロボットや手話通訳ロボットなど、AIの活躍の場が広がっている。実際、僕もテスラ社の自動運転車に試乗したことがあり、そのときはAIの進化を肌で感じたものだ。

これから40年後、50年後、人々がそうした技術を自在に使いこなすようになると、世界はどう変わっていくのだろうか。その一端を覗けるのも、本の魅力ではないだろうか。本は僕に未来を見せてくれるツールでもあるのだ。

寺を通じて社会とつながる

僕は哲学者の梅原猛さんをとても尊敬していて、京都に住まわれていた梅原さんを訪ねたこともある。梅原さんの影響で、一時期、デカルトやカント、ニーチェなど哲学書を読みふけった。そこではいくつもの学びがあったが、強く感じたのは、哲学は「理性」に対する絶対的な信仰のもとに成立しているということ。しかし、僕が思うに、人間は理性だけではやっていけない。心は理性だけでは成り立たないからだ。

梅原さんは仏教の研究者でもあった。僕も高校時代から宗教に深い興味を持っていた。僕の実家が浄土真宗だったこともあり、その教えには幼い頃から親しんでいたし、夏休みの1カ月半、ある新興宗教の合宿に参加したこともある。ただし、そこで僕が現世と前世の関係について偉い人に詰め寄ったことから大揉めし、追い出されてしまった。当時から、納得のいかないことは議論しないと気がすまないタチだったのだ。

今も宗教に対する興味が消えることがない。

少し前になるが、福岡県北九州市にある浄土真宗本願寺派の永明寺の住職、松崎智海さんとリモート対談する機会を得た。新型コロナウイルスの影響などもあり、先が見えにくい時代になった。とくに高齢者は生きづらさや不安を抱えている。そうした人たちに、人生は楽しいものだと教えるのも仏教の役目ではないかと僕は思っている。

僕がそう言うと松崎さんは、まずお寺を楽しい場所にしたいと語った。

法然上人や親鸞聖人が活躍した平安時代末期から鎌倉時代にかけて、お寺の行事はまさにエンターテインメントだったという。楽しい催しが行われ、食事もできた。大勢の人が集まり、いつもワイワイ賑わっているのが日常だったらしい。

松崎さんは、「お寺マルシェ」と呼ばれるお祭りを催したり、コンサートやヨガ教室を開催したりするなどして、人が集まる場所づくりを目指しているという。もちろんそこには多くの高齢者が参加できるはずだ。若い住職の新しい試みは大いに歓迎したい。これからも注目したいと思う。

今、若者の間でスピリチュアルが大流行だと聞いた。神社や寺をはじめ、運気が上がりそうな、いわゆる「パワースポット」と呼ばれる場所を訪ね歩くらしい。先が見えない時代にあって、人は無意識に神仏に頼ることを考えるのだろう。

こうした気運を受けて、松崎さんが住職を務める永明寺のように、人が集まる工夫を始めている寺が増えている。東京都中央区にある築地本願寺もそのひとつだ。浄土真宗を学ぶ講座をはじめ、ヨガや生け花といった学びのサポートから終活の相談窓口まで設けられ、いつも大勢の高齢者で賑わっていると聞く。こうした取り組みが増えれば、高齢者の孤立は防げるかもしれない。どんどん広がってほしいと思う。

趣味を介した交流に年齢の壁はない

カルチャースクールなどで、同じ講座を受けている同士が年齢差を超えて親しくなり、プライベートでも交流を持つようになるという話はよく耳にする。

かれこれ15年以上前になるが、日本に最初の「韓流ブーム」が巻き起こった。韓国ドラマをきっかけに、韓国映画や音楽などの人気が高まり、ソウルは人気の観光地の上位に躍り出た。当時、ソウルの街は日本人観光客であふれかえっていたという。

ブームを支えていたのは主に女性で、そこには60歳以上の高齢女性も大勢いた。彼女たちは映画やドラマのロケ地に出かけたり、現地で行われるコンサートを観にいったりと、実にエネルギッシュに活動していた。なかでも僕が感心したのは、少しでも韓国のことを知りたいと思い、彼女たちが言葉や歴史の勉強に精を出したことだ。

とくに語学の習得には熱心で、当時、巷の韓国語講座はどこも盛況で、NHKのハングル講座のテキストの売り上げもアップしたと聞く。

また、今のように動画配信サービスが充実する前からインターネットを駆使して、日本では未放送のドラマを観ていたという。ドラマを観たりファン同士でコミュニケーションをとったりするためにインターネットを覚えたという高齢女性も多かったようだ。

いやはや、その行動力には頭が下がる。「好き」が生み出すエネルギーは素晴らしい。これはぜひ高齢男性にも見習ってほしいものだ。

好きなものが共通していると、年齢の垣根を一気に飛び越え友達になれるものだ。

僕の娘は昔から宝塚が大好きで、ファン同士の活動で知り合った85歳の女性と親しくしているらしい。戦時中、東京宝塚劇場が閉鎖されたエピソードなど、その女性が体験した話を聞くのがとても楽しいという。貴重な体験談を聞き逃してはいけないと、娘はいつもその女性の話をメモしていると言っていた。

娘が言うには、話をしているときは、相手が高齢かどうかなど関係ないそうだ。親子ほど年の離れた同士が宝塚の話題で一緒に盛り上がれるというのは、素晴らしいことではないか。

同じ趣味を持っている同士にとって、年齢など関係ない。自然と友達になれるのだ。

佐藤優さんに聞く「真の教養」を身につける方法

数年前のことになるが、元外務省主任分析官で作家の佐藤優さんと対談をした。

佐藤さんは、僕がもっとも恐れ、同時に尊敬する論客の一人だ。彼はとにかく知識の量がすごい。それも単なる博識とは違う。外交官として現場で身につけた知識と、膨大な読書量と研究で得た知識が結びついている。だから、彼が話す言葉には説得力があるのだ。

今、世界情勢は混乱を極め、予測不可能な状態に陥っている。

米軍のアフガニスタン撤退後、タリバンが予想以上の早さで支配地域を拡大させた。なぜ、バイデン政権はアフガニスタン撤退を急いだのか。その背景には米軍を引き揚げることで、中国とロシアに対する軍事的抑止力を強化するという狙いがあったのではないか。中国の経済力、軍事力の強大化は、今やアメリカにとっての脅威であり、米中対立の激化は日本にとっても重大な問題である。

本当に大変な時代になったものだと思う。

対談のなかで僕は、「佐藤優」流の物事の見極め方を徹底的に聞いた。

「危機の時代だからこそ、『本質を見抜く力』が必要だ」

それが佐藤さんの答えだった。

真の教養とは偏狭なナショナリズムとは真逆のものだと佐藤さんは言う。偏狭な思考にとりつかれないようにするためには、ナショナリズムの構造と今の社会の構造をしっかり把握しておくことが必要なのだという。そうした学びこそが高齢者の教養には必要なのではないか。

一人ひとりが「真の教養」をしっかり身につければ、この複雑で予測不能な世界を生き抜くことができる。佐藤さんの話から僕はそれを実感した。

「戦争をしない国」にするために戦争体験を語り続ける

僕は戦争を知っている最後の世代だ。日中戦争が始まったのは僕が3歳のときで、小学校1年生の12月に太平洋戦争が勃発した。

僕のなかの戦争の記憶は、まず父親たちが次々に召集されるというものだった。出征兵士を送る華々しいイベントが何度もあったが、戦争が長引くにつれて、召集された人たちが遺骨になって帰ってきた。イベントは葬式に取って代わった。それを見て僕は、「戦争というのは人が殺されるものだ」という思いを強く持ったのだ。

終戦当時のことは今でもはっきり覚えている。

１９４５年、僕は小学5年生だった。1学期から軍事訓練が始まり、教師たちからは、「この戦争は世界の侵略国であるアメリカを打ち破るためにある。アメリカやヨーロッパの国の植民地にされているアジアの国々を独立させ、解放させる聖戦だ」と教えられた。

「君らも早く大人になって、戦争に参加して名誉の戦死をしろ」とまで言われた。

ところが、その年の夏休みに戦争が終わった。

新学期が始まって学校に行くと、教師の言うことは180度変わっていた。

同じ教師が、「あの戦争は間違いだった。やってはいけない侵略戦争だった。君らはこれから戦争のことなど考えず、平和のために命をかけて頑張れ」、そう言うのだ。

戦争が正しいか正しくないかという議論は成り立たない。

なぜなら戦争はすべて悪だからだ。

2003年、アメリカのブッシュ大統領は、「先制的自衛である」といってイラク全土に軍事攻撃を行ったが、これは1931年に日本が満州に攻め込んだときの理由と似ている。関東軍の自作自演の爆破事件を中国軍によるものと主張し、軍事行動を起こしたのだ。

なぜ戦争が繰り返されるのか。

ひとつには、戦争を知らない世代が増えてきたことに原因があると僕は考える。

若者のなかには、戦争に憧れる者すらいるという。しかし、戦争で犠牲になるのは決まって罪のない一般市民だ。

憲法改正や集団的自衛権の行使容認などに対する議論が高まるのはいい。しかし、日本を「戦争ができる国」に向かわせようとしている雰囲気が強いことに、僕はとても危機感を持っている。

「絶対に日本を戦争する国にしてはいけない」、そう訴え続けることが、ジャーナリストとして、また戦争を知っている最後の世代としての僕の使命なのだ。

歴史を学ぶ意義

1945年の夏、日本は終戦を迎えた。

1学期までは国民の英雄として教師をはじめ、新聞もラジオも褒めたたえていた東條英機元首相らが、2学期になると次々と逮捕されていった。1学期には英雄だった人を、2学期には罪人扱いする、一体これは何なのだと思った。

さらに、1950年には朝鮮戦争が始まり、当時高校1年生だった僕は「戦争反対」を唱えると、今度は教師からにらまれた。「お前は共産党か」と言うのである。

偉い人の言うこともマスコミも信用できない、国は国民をだますことがわかった。

だから、なぜ戦争をすることになったのか。負けるとわかっていながら、なぜ止めることができなかったのか。なぜ戦いはエスカレートしていったのか——戦争に関するいくつもの疑問を解くため歴史を学ばなければいけないと思った。

なぜなら、答えは常に歴史のなかにあるからだ。

ドイツ帝国を築いたオットー・ビスマルクはこんな言葉を残している。

「愚者は経験に学び、賢者は歴史に学ぶ」

学生時代に学ぶ歴史と、大人になってから学ぶ歴史は意味あいが違う。授業で教わる歴史は、受験に必要な情報や知識を蓄積することが目的だ。だから年号や出来事などを詳細に覚えなければならない。しかし、大人が学ぶ歴史は、未来の社会を考えるためのものだ。学生時代に学んだ知識を背景に、歴史を俯瞰して見るために学ぶのだ。

歴史を学べば、過去の事象が現代社会にどのような影響を与えたのかを知ることができる。逆に言えば、歴史を通し未来を予測するという見方もできるだろう。先に書いたように、終戦を迎えた小学5年生から、朝鮮戦争が勃発した高校時代に体験したことは僕に大きな疑問を残した。僕は歴史のなかからその疑問に対する答えを探し出さなければならないし、戦争を知る最後の世代として、それを次の世代の人たちにきちんと伝える義務がある。だから、僕は死ぬまで歴史を学び続ける。

敗戦後、貧困状態にあった日本国民にとって最大の目標は、豊かな生活を送ることだった。日本人は「欧米に追いつけ追い越せ」を合言葉に必死に働いた。努力すればしただけ時代は豊かになり、高度成長時代を経て、やがて日本はバブルの絶頂に到達する。

しかしその上り調子もバブル崩壊で頭打ちになった。結果、多くの日本人は目標を見失い、バブルが崩壊した1990年代初頭から今に至るまで「失われた30年」といわれる空虚な時代が続いている。

「失われた30年」は、終戦後の日本人が最大の目標にしてきた「豊かに生きること」を奪い、その結果、社会に「何のために生きているのかわからない」という風潮が蔓延することになった。多くの人々が生きがいをなくしてしまったのだ。

仕事にすべてを捧げた団塊世代は、会社関係のつきあいが切れた定年後に孤立感を募らせ、経済成長を知らない若い世代は目標を見つけられずにいる。

「生きる目的の喪失」は、現代日本が抱える大きな問題である。

しかし、生きる目的、つまり生きがいは、自分で見つけるものだということを忘れてはいけない。喪失感が漂う社会の風潮にのまれることなく、いくつになっても自分が楽しいと思うこと、やりたいことを貫いてほしい。僕はこれからもそのように生きていく。

第５章

家族とのほどよい関係の保ち方

妻の乳がん発覚、夫婦で治療法を模索した

第3章でも述べたように、日本人の平均寿命は女性のほうが男性より約6年長い。そのため、多くの男性が妻より自分のほうが先に死ぬと考えているようだ。そこには自分が残される立場にはなりたくないという願いも含まれているのだろう。無理やりそう思い込ませているのかもしれない。それだけに、妻に先立たれると、どうしていいかわからなくなる男性は多い。僕もそうだ。

僕は妻をふたり亡くしている。どちらも乳がんだった。

最初の妻・末子は僕が49歳のときに他界した。55歳のときに再婚したが、その妻・節子も僕が70歳のときに逝ってしまった。

1960年に結婚した末子に乳がんが見つかったのは1975年のことだった。

すぐに入院して摘出手術を受けたが、2年半で再発。5年は再発の心配はないだろうと言われていたので、ショックは大きかった。別の病院で2度目の手術をしたが、がんを完全に切除することはできなかった。

それでも僕たちは諦めず、必死で治療法を探しまわった。

放射線治療やリンパ療法、丸山ワクチン、ありとあらゆる治療を試したが、効果は得られなかった。末子は苦しい治療にも一切、泣き言を言わなかったが、次第にものが食べられなくなっていった。当時、鹿児島県にある最福寺で法主を務めていた池口恵観さんの御加持を受け、一時的に体調がよくなり食欲が出たときは、心からホッとしたものだ。

画期的な治療法が見つからないまま、最初の摘出手術を受けてから9年近くが経とうとしていた1983年、末子はリンパ療法の治療のため入退院を繰り返していた。ある日、食べたものが出なくなり、腸の手術を受けるが、その麻酔から覚めないまま亡くなってしまった。

僕が駆けつけたときは危篤状態で、手を握り、必死に声をかけたが届かなかった。享年54。早過ぎる死に言葉もなかった。

長い不倫、激しい自責の念に襲われる

末子が亡くなり深い悲しみに襲われると同時に、僕の心は申し訳ない気持ちでいっぱいだった。なぜなら、僕には末子のほかに愛する女性がいたからだ。それがのちに妻になる、日本テレビのアナウンサーだった村上節子だ。

僕はテレビ東京に入る前、岩波映画製作所で日本テレビの番組の構成作家の仕事をしていた。その番組で司会をしていたのが節子だった。歯に衣着せぬ物言いで、ずばずばと斬り込んでくる節子と僕は妙に馬が合い、親しく話をするようになっていった。

僕がテレビ東京に入社してからは会う機会もなくなっていたが、出会いから3年後の1964年、偶然に再会。以来、ときどき会って話をするようになった。当初は仕事の話ばかりだったが、再会から4年後、男女の仲になった。当時、節子には夫と娘がおり、僕にも妻とふたりの娘がいて、今でいうダブル不倫だった。

もちろん、家族を裏切っているという罪悪感はあった。しかし、気がついたときには、節子と僕は互いになくてはならない存在になっていた。

不倫がいいか悪いかと問われたら、悪いに決まっていると答える。しかし、惹かれ合ったらどうしようもない。不倫は、「業」としか言いようがないのだ。ただ、僕と節子は何年間もキスどころか、手も握らなかった。それは罪悪感のためというより、僕が恋愛に不器用だったからだ。そして、一線を超えてしまったら、もう後戻りはできないという思いが強かったのだ。

ずるいと言われるかもしれないが、僕は妻や子どもたちを愛していたし、戦前の教育を受けていたから、家長として妻や子どもたちに何不自由のない生活を保証する責任があると思っていた。

末子の乳がんが発覚しても、節子との関係は続いていた。きっと末子は気づいていたに違いない。しかし、そのことで僕を責めることはなかった。

娘に聞くと、やはり「お母さんは気づいていた」という答えが返ってきた。「だけど、お父さんは家族を放り出さなかった。それならいい」と話していたともあとで知った。末子の入院中は、それまで彼女に任せきりだった家事も子育てもすべて引き受けた。まだ小学生だったふたりの娘が炊事洗濯をするのを手伝い、不器用ながら朝食や夕食を用意したりもした。

末子が亡くなったとき、申し訳ないという気持ちを抱えながら、これで「二重関係の苦悩から解き放たれる」という思いがあったのも事実だ。言いようのない複雑な心境だった。

それでも僕は節子との結婚には踏み切れなかった。

しかし、節子との関係はすでに10年以上に及ぶ。このまま宙ぶらりんの状態でいては節子が気の毒だ。当時、節子は前の夫と離婚し、彼女の娘も、僕の娘たちも全員、就職して自立していた。ふたりを遮るものは何もない。

末子の他界から3年後、僕は意を決して節子に結婚を申し込んだが、あっさり断られてしまう。さらに3年後、もう一度申し込むと、節子は首を縦に振ってくれた。おそらく、その頃体調がよくなかった僕を気づかってくれたのだろう。

こうして僕たちは1989年に結婚した。

結婚後、節子は妻であると同時に仕事のパートナーになった。

1987年に「朝まで生テレビ！」が、そして、1989年には「サンデープロジェクト」がスタートしたこともあり、僕の仕事は多忙を極めていた。新たな仕事の依頼が来れば節子が内容を検討し、僕の書いた原稿を読んで添削を行うのも彼女の役目だった。「文章の構成がおかしい」など辛辣な意見もずばずばと述べてくれたので、僕は安心して仕事をすることができた。

しかし、二人三脚で仕事に取り組んでいた僕たちを思いがけない試練が襲う。結婚から10年になろうとした1998年、今度は節子の体ががんに侵された。末子と同じ乳がんだが、節子の場合は「炎症性乳がん」という悪性中の悪性だった。余命は約半年だという。

迷った末、僕は節子に「炎症性乳がん」であることは伝えず、「ただの乳がんだ」とだけ告げた。病名を知ってしまった節子が生きる気力を失うのが怖かったのだ。

妻の介護は濃密でかけがえのない時間

医師と相談のうえ、節子は抗がん剤治療を受けることになった。その後、放射線治療に切り替え、がんが小さくなった段階で摘出手術を受けた。7時間を超す大手術だったが、節子は頑張ってよく耐えてくれた。

退院後も手術した胸と脇の下に深い穴が開いたままだったので、消毒と薬の塗布が必要だった。毎日のように医師に来てもらい、やがて僕も見よう見まねで処置をするようになった。さらに、傷口が塞がるまでは、僕が節子の身のまわりの世話をした。彼女の髪の毛を洗ったり体を拭いてあげたりすることが僕の日課になった。

2003年に入ると、がんが脊椎と腰椎に転移し、それがもとで節子は歩けなくなってしまった。僕は妻の介護という厳しい現実に直面した。

とくに風呂に入れるのがひと苦労だった。風呂場は床が濡れているため滑りやすいし、人の体というものは想像以上にずっしり重いものだ。慣れないうちはバランスを崩し、転ぶことも少なくないという。実際、僕も初めて節子を風呂に入れたときに足を滑らせてしまい、危うくふたりで溺れそうになった。

しかし、失敗も最初のうちだけ。回を重ね、コツがつかめるようになると僕は節子と一緒に風呂に入るのが楽しみになってきた。

まず、車椅子に座っている節子の衣服を脱がせ、僕も裸になる。次に節子を抱きかかえ風呂に入れて体を洗うのだ。湯船に入れるとき、背中を流すとき、「こんな楽しいことが老後にあるとはね」と言いながら、ふたりでよく笑い合ったものだ。肌と肌が触れ合う濃密なスキンシップを常に感じられる入浴は、実に楽しい時間だった。

また、歩けなくなった節子を車椅子に乗せて押すのも僕の役目だった。それまで車椅子を押したことはなかったが、実際にやってみると自分が彼女の「足」の代わりになっていることを実感し、一体感のようなものを得ることができたのだ。

節子の介護は僕にいくつもの発見をくれた。だから、介護を苦痛に感じることは一度もなかった。それどころか、介護は実に楽しく、年をとることは悪いことばかりじゃないと思ったほどだ。

最愛の妻の死後、抜け殻のようになった

節子が歩けなくなって約1年、僕は常にそばに寄り添い介護をしていた。にもかかわらず、最期は看取れなかったのだ。

2004年6月、節子の容態が急変し、即入院させた。その頃僕は重要な取材に向けて、準備を進めていた。8月上旬、「サンデープロジェクト」の取材で、アメリカに3日間、続けて中国と北朝鮮に6日間出かける予定になっていたのだ。とくに北朝鮮では日朝交渉のキーマンに会えることになっていたので、この取材にかける僕の期待は大きかった。拉致被害者の家族5人が帰国したあとのことで、世間の注目が高まるなか、どうしても行かなければいけないと思った。

7月下旬になって節子の病状が日増しに悪化し、予断を許さない状況になって

きた。主治医は僕に取材には行かないほうがいいと言う。僕が帰国する8月14日まで持ち堪えられそうにないというのだ。

その時点で、僕は海外取材を断念した。

それを聞いた節子は何かを言おうとするものの、咳き込んでしまい言葉にすることができなかった。もうその頃には、話すのも苦しい状態になっていたのだ。しかし、こちらをキッと睨みつける表情から彼女の言いたいことは僕には理解できた。

「キーマンに人が聞けないような質問をぶつけるのは、あなたの使命よ！ 行って！ こんなところにいる場合じゃないでしょ！」

節子の思いを感じ、僕は海外取材に行く腹を固めた。それが彼女の意志であれば従うしかないと思ったのだ。

無事に現地での取材を終え、ホテルを出ようとしたところに娘からの国際電話が入った。節子はもう心臓がいつ機能を停止してもおかしくない状況だというのだ。僕は受話器の先にいる節子に必死で励ましの声をかけた。「頑張れ！　もうすぐ帰るから待っていろ」と。しかし、その3時間後、臨終を知らされた。

帰国して、横たわる節子の顔に触れるとすでに冷たかった。

そのとき、哀しみというより底なしの喪失感に襲われた。まるで、自分の体の一部をもぎ取られたような感覚で、「これからどうやって生きていけばいいのだろう」という不安で胸がいっぱいになった。

よくいわれるのは、通夜や葬儀の準備などで慌ただしく過ごしている間は緊張が続いているので悲しみを忘れられるが、それらすべてが終わったあと、耐えられない喪失感に襲われるということだ。僕もそうだった。

今も妻の遺骨が僕を見守っている

娘に言わせると、僕は能天気で打たれ強い人間らしいけれど、自分ではむしろ弱いほうだと思う。寂しがりやで、ひとりでは生きていけない性分なのだ。だから、節子にはずっとそばにいて、僕の話を聞いてほしかった。なのに、いなくなってしまった。節子が亡くなったときは、この先自分がどうすればいいか、まるでわからなかった。

そんな僕を救ってくれたのは、やはり仕事だった。仕事に没頭していれば、つらい気持ちが紛れ、生来の好奇心が湧いてくる。精神的につらい気持ちが少しでも前向きになるよう仕事に意識を向けることで、どうにか喪失感と闘うことができたのだ。

娘たちは、節子を亡くしてからも仕事にのめり込む僕の様子を見ているので、「父はへこたれない人だ」と思っているようだが、それは違う。そうでもしないと喪失感に押しつぶされそうだったのだ。節子が亡くなったときは「もう死ぬしかない」とまで思い詰めた。実際、仕事がなかったら死んでいただろう。

寂しさのあまり、節子の遺骨は納骨できず、デスクの上に置いて、家にいるときは遺骨を入れた箱をなでたり叩いたり、ときには遺骨に触れたりもしていた。写真より存在を感じられるような気がしたからだ。出かけるときは、必ず「行ってくるよ」と声をかけるのが日課だったが、「それでは奥さんが安眠できませんよ」と知人の僧侶に諭され、亡くなってから3年後、ようやく墓に納骨した。

しかし、どうしてもそばにいてほしいと思った僕は、遺骨の一部を小さな陶製の器に入れ、今もリビングの仏壇に置いてある。そうしておけば、節子がそばにいてくれるような気がするのだ。

少し前のことになるが、あるバラエティ番組の収録で、タレントの高橋みなみさんと、スピリチュアル女子大生として活躍していたＣＨＩＥさんが僕の家に来たことがあった。そのとき、玄関のドアを開けるなり霊感の強いＣＨＩＥさんが、リビングを指し「あそこに何かある！」と言ったのだ。もちろん、節子の遺骨を置いてあることなど彼女は知らない。

それを聞いて、やはり節子は今も僕のそばにいて見守ってくれているのだなと思い、少しうれしくなった。

独り身のつらさを乗り越えるための対処法

男性はいつまでも悲しみを引きずるが、女性は案外立ち直りが早いと思う。しばらくは悲しみに暮れていても、時間が経てば趣味を復活させ、友人同士のつきあいも再開させる。そこはぜひとも見習いたい。

結婚していれば、どちらかが配偶者の死と向き合う日が必ずやってくる。結婚という形をとっていなくても、片方が先に逝くことには変わりない。「最後はひとり」に直面することは誰の身にも起こりうることだ。

厚生労働省の「国民生活基礎調査（２０１９年）」によると、65歳以上がいる世帯のうち、三世代（親、子、孫）世帯が占める割合は、１９８９年には40・７％だったが、２０１９年には９・４％にまで減少した。

一方、夫婦のみの世帯は１９８９年の20・９％から32・３％と増加している。ひとり暮らし（単独世帯）の28・８％も合わせると、65歳以上の高齢者の６割が、ひとり暮らしか、ひとり暮らし予備軍といえる。

僕の場合は仕事に没頭することで寂しさを紛らわせることができたが、それでもふとしたときに、激しい喪失感に襲われることからは逃れられなかった。

寂しさから抜け出すにはどうすべきか――その対処法について、ふたりの妻との別れを体験した僕なりに考えてみた。

ひとりで抱え込まずに誰かに話す、相談する

もともと僕は人と話すことでストレスを発散するタイプなのでなおさらなのだが、やはり誰かに思いを聞いてもらうことは必要だ。つらい気持ちを心の中に溜めこまず、吐き出す。友達や趣味の仲間など、心配して声をかけてくれる相手には遠慮せずに話をすべきだ。また、家族や親戚など、亡くなった人の思い出を共有できる相手と話すのも癒しにつながるらしい。

感情を素直に出す

まわりに気をつかわせたくないという思いから、悲しみの感情を押し込める人がいるようだ。子どもがいればなおさらで、「自分がしっかりしなければ」と、無理に気持ちを奮い立たせようとするらしい。しかし、悲しみが落ち着くまでは、泣きたいときは泣き、何もしたくないときは何もしなくていい。気持ちを抑え込まないことが大事なのだ。「突然、泣けてくる」「気持ちが苛立つ」「何もする気

が起こらない」など気持ちの落ち込みが激しい状態にあるときは、その感情を否定せず「自分は今、回復途中にいる」と受け止めることが必要なのだという。

何もしない時間をつくる

僕は悲しみを忘れるため仕事に没頭したが、忙しくすることが誰にとっても有効なわけではない。やる気を失い、何に対しても興味や関心を持てなくなることもあるだろう。そんなときは「休みなさいというサインだ」と受け止め、横になってごろごろして過ごせばいい。この状態は怠けているのとは違うので、無理に行動しないことが必要だ。

趣味やボランティアに熱中し気を紛らすことはできるだろうが、それが逆効果になる場合もあるという。気をそらしていた分、ふと思い出したときに喪失感が倍増するようだ。僕にも同じことがあった。幸い、僕は仕事が途切れることがなかったから喪失感を振り切れたが、そうでなければ、強い悲しみからますます抜け出せなくなることもあるというから注意が必要だ。

家に引きこもらず、なるべく外に出る

誰とも話したくない、何もしたくないこともあるだろう。だが、悲しみから外部との交流を一切絶ってしまうと余計に孤立してしまいかねないので、可能な範囲で外に出て、日差しを浴びることをおすすめする。なぜなら、太陽の光を浴びると「セロトニン」という神経伝達物質が生成されるからだ。セロトニンは別名「幸せホルモン」と呼ばれ、心のバランスを整える働きもあるという。

科学的な効果もさることながら、日差しを浴びると気持ちがいい。明るい日の光を受けて、塞ぎ込んでいた気持ちが少し和らぐのではないだろうか。

暴飲暴食に気をつける

僕は酒を一切飲まないが、男性の場合、悲しくて気分が落ち込むという理由で

アルコールに逃げる人が多いと聞く。酒量が増え、さらにそれが日常化していくとアルコール依存症になってしまう恐れもあるので要注意だ。妻を亡くすと食生活が乱れる男性も多いので、なおさら健康には気をつけなければならない。アルコールに限らず、喪失感を埋めるためギャンブルにのめり込んだり衝動的な買い物を繰り返したりするなど、何かに依存することは避けるべきだ。

自分を責めない

配偶者の死に直面すると、後悔の念に襲われる人は多い。「生きているうちにもっとやさしくするべきだった」「もっと看病してあげればよかった」「別の治療法があったのではないか」といった具合だ。僕は介護をやり切ったと思っているので後悔はないが、それでも「あのときああすれば……」という思いがないわけではない。しかし、カウンセラーなどによると、後悔に襲われるのは誰にでも起こる自然なことだという。ただし、自分を責めすぎるのは禁物だ。そのときできる最大限のことをした、精一杯やったと自分を認めてあげることも、前に進むためには必要だ。

専門医に相談する

伴侶を亡くし、「悲しい」と思うのは当然の感情だが、それが原因で何も口にできず、睡眠もとれないという状態が長く続く場合は、専門医に相談するという方法もある。

遺族の心を適切にサポートし、悲しみを乗り越える助けになるようなケアをすることを「グリーフケア」といい、病院での治療をはじめ、専門家によるカウンセリング、ケアを必要とする人に対するワークショップなど、さまざまな取り組みがなされている。専門医やカウンセラーに話すことで、自分が置かれた状況を客観視できて、安心する人も少なくないという。まずは病院の心療内科を受診してみてはどうだろう。

新しい出会いを拒まない

伴侶を失った人が悲しみを乗り越えるために僕が一番おすすめする方法は、新しいパートナーを見つけることだ。僕の場合は、それが学生時代の同級生だった。なかには、亡くなった妻、あるいは夫に申し訳ない、家族や親戚の手前、気がひけるなどの理由で躊躇する人もいるかもしれない。しかし、ある程度の年月が経ち、新たな出会いを受け入れられるようになったら、好意を感じる異性とは、臆せずに交流をはかるようにしたい。

僕はジャーナリストの猪瀬直樹さんと親しくしているが、彼が2013年にパートナーを亡くされたときは、心配で仕方がなかった。彼も僕同様、妻に頼りきりだったから、とても人ごととは思えなかった。ときどき電話をかけて話をしていたが、相当参っている様子が伝わってきたのだ。

しかし、2018年に再婚し、今はとても生き生きして幸せそうだ。やはり、パートナーの存在は悲しみを乗り越える大きな力になる。

家族とのんびり過ごすのは年に一日だけ

42歳でフリーランスになってからも、それ以前も、僕は休みらしい休みをとったことがない。だから、家族にはずいぶん寂しい思いをさせたと思っている。

最初の妻・末子が入院しているとき、たまには娘たちに外食をさせてやろうと思い、大物政治家のインタビューに同席させ、一緒に食事をさせたこともあった。僕はよかれと思って連れていったのだが、彼女たちにしてみれば、あまりうれしくはなかったようだ。緊張でせっかくの外食もあまり美味しく感じられなかったらしい。

僕らの世代は、結婚したら、妻と子どもに楽な暮らしをさせるのが男の役目だと教えられて育った。僕もそれを忠実に守り、とにかく家族に苦労させてはいけないという思いで、必死に働いていたところもある。

仕事にはとことんのめり込むが、その反面、子どもの世話は妻に任せっきりだった。だから、娘たちはずっと僕に関心を持たれていないと感じていたらしい。娘からは、干渉されないのはよかったけれど、もっと話を聞いてほしかったと言われたこともある。確かに仕事ばかりで家にいることのない、ダメな父親だったかもしれない。

休みがないのは今も変わらず、丸々休めるのは「朝まで生テレビ！」の正月特番が終わったあとの1月2日、その一日だけだ。

大晦日の深夜から元日の朝にかけて生放送される「朝まで生テレビ！」終了後、ひと休みをし、その後、都内で娘や孫たちと新年の食事をする。翌2日には妻の墓参りをし、今度は親戚が集まって新年会だ。そこで家族や親族らと楽しく語らう、これが僕にとって唯一の休みの日になる。

新年会といっても、家族が集まって一緒に食事をして話をするだけだが、やっぱり楽しい。「孫をつかまえて、いつも同じ話をしている」と娘たちには呆れられているが、娘や孫が相手をしてくれることに、本当に感謝している。

2日の晩には自宅に戻り、1月3日からはまた、いつもどおりの日々がスタートするのだ。

家族の言うことには素直に耳を傾ける

「老いては子に従え」という格言があるが、僕は80歳を超えてから、できる限り、それを実践しようとしている。親身になってサポートしてくれる家族の意見は素直に聞いたほうが、長く健康で過ごせるはずだ。

ところが、僕がそう言うと、娘たちからは「えーっ、100回ぐらい同じことを言わないと聞いてくれないでしょう」と猛反論されてしまう。

妻に先立たれ、ひとりになると食べることもままならず、靴下や下着がどこにあるのかすらわからないという男性がいる。掃除も行き届かないため、家のなかはいつも荒れ放題で、見る影もないほどやつれてしまったという話もよく聞く。

僕は節子に炊事洗濯をしてほしくなかったので、結婚当初からすべて家政婦さんに頼んでいた。このように書くと、「田原さんだからできること」だと言われそうだが、決してそうではない。金銭的負担は少なくなかったが、それでも僕は、節子には家事に時間を費やすより、とことん僕の話につきあってほしかった。仕事のパートナーでいてほしかったのだ。

それだけに、節子が亡くなった途端、仕事の相談をする相手がいなくなってしまい、何をどうすればいいかわからなかった。幸い近所に住む娘が節子に代わってスケジュール管理をしてくれるようになった。さらに、預金通帳をチェックし、月に数回、引き出しにお金を入れてくれた。娘がいなければ僕は仕事も生活もできなかった。それは本当に感謝している。

娘たちは僕のことを、いつでも自分のことで大騒ぎして、子どもみたいな父親だと言っている。僕自身は大騒ぎしているつもりはないが、ちょっと体調が悪いと心配でたまらず、すぐ娘たちに電話してしまうので、うるさがられている。

どうやら、娘たちから見たら、僕はかなり変わり者の父親のようだ。

しかし、「穏やかな人格者だったら、年老いていく姿に胸が痛みそうなので、ちょっと変わり者で、文句を言っていられるほうが気は楽かもしれない」とも言っている。嫌われてはいないようなので、まあ安心している。

今、僕のことを親身になって怒ってくれるのは娘たちしかいない。

だから僕は、朝起きるとまず3人の娘に電話する。それは「今日も生きているよ」という生存確認だ。夜寝る前にも、「これから寝るよ」と電話する。

僕の親父は72歳で他界した。昼寝していて起きてこなかったので見に行ったら亡くなっていた。お袋が亡くなったのは84歳のときだ。庭で花を摘んでいるときに倒れて、そのまま帰らぬ人になった。

僕は今87歳で、もう親父とお袋の歳を超えてしまった。いつ死んでもおかしくないと思っている。だから、生きている限りは、家族とうまくやっていきたい。

朝と夜、必ず電話するのは、娘たちを安心させるためだが、ついつい「今朝の新聞にこんな記事が出ていたんだけど……」と話し始めてしまい、すかさず娘から「そういう話は長くなるから」と切られてしまう。

昔から娘たちには「お父さんは家族に執着がない」と言われている。電話をかけてきても、「どうしてる?」とこちらのことを聞いたりせず、いつも自分の話ばかりしていると文句を言われることもある。

自己弁護するわけではないが、高齢になったら、ある程度、外に目が向いているほうがいいのではないだろうか。そうしないと、家族の言動にいちいち口出しして煙たがられたり、必要以上に家族に依存したりすることになりかねないからだ。

娘たちが結婚すると言ったとき、僕はその相手の身元調査をしなかったし、しようとも思わなかった。娘たちを信用しているから、彼女たちが好きになった相手ならそれでいい。

ただ、政治の話はいくらでもできるが、どうも僕は雑談が苦手だ。

下の娘が結婚することになり、相手の男性が初めて挨拶に来たとき、開口一番、「君は護憲、改憲、どっち?」と聞いてしまい、娘が呆れていた。もっとほかに聞くことがあるだろうと。確かにその通りだ。

娘の夫は職場で「田原総一朗が義理の父だなんて苦労するだろう?」とよく聞かれるらしいが、そのたびに「年収とか役職とか一切気にしない人だから、むしろかえって楽ですよ」と答えているそうだ。そう思ってくれているなら、ありがたい。

今はもう娘たちは巣立っていったが、それでも何か困ったことがあれば必ず助けるつもりだ。いくつになっても、それが親の役目で生きがいだと思っている。

終活には興味がない

リタイアしてしばらくすると、終活を考えはじめる人が多いと聞く。終活とは、死と向き合い、最後まで自分らしい人生を送るための準備のことで、遺産相続、保険、葬儀、墓とあれこれ考えなければいけないようだ。

僕は自分が死んだあとのことは何も考えていない。以前、ある週刊誌から「終活」に関する取材を受けた際、僕は「就活」のことだと思って答えていたという冗談みたいな話がある。それくらい、僕の中に「終活」という概念は存在しない。

ひとつだけあるとすれば、財産分与のことだ。僕の遺産はきっちり三等分にして3人の娘に分配してほしいと公認会計士に頼んである。

僕には最初の妻、末子との間に娘がふたりいる。再婚した節子ががんに侵されているとわかったとき、彼女の娘を養女にしたので、娘は3人になった。僕がいなくなっても、娘たちには変わらず仲良くしていてほしい。

あとは、葬儀にしろ、墓にしろ、娘たちが好きにやってくれればいい。

自宅のリビング兼書斎はとんでもない量の本や資料が山積みになっているが、それも僕が死んだら全部処分してくれて構わないと伝えてある。実際には僕がいない間に娘が家政婦さんと一緒に少しずつ整理して捨てているらしく、「やってもやっても終わらない」と嘆いている。

片づけに関しては娘にすべて任せているので、何を捨てられても文句はない。もし必要なものがあれば、また買い直せばいい。先日、もう何十年も昔、僕が田中角栄さんにインタビューしたときの資料一式が入ったダンボール箱が出てきた。貴重なものではあるが、僕が持っていても仕方がないので、テレビ局に渡した。

87歳にもなれば、何が起こってもおかしくないので、娘たちには、もし僕が倒れたとしても、絶対に救急車は呼ぶなと言ってある。余計なことはしないで、そのまま逝かせてくれと。

また、これはあちこちで話しているけれど、僕の理想的な死に方は、「朝まで生テレビ!」の本番中、「あれ、田原さん、静かになったな」と思って、よく見たら死んでいたというもの。そうやってぽっくりと逝きたいと本気で思っている。

ただし、番組のプロデューサーからは、「せめて収録が終わって、『お疲れ様でした、ありがとうございました』と挨拶してからにしてください」と言われている。

もしもに備えて資産情報や知人の連絡先を家族に伝えておく

僕自身は「終活」というものにまったく興味はないが、多くの雑誌で特集が組まれ、テレビ番組でもたびたび取り上げられているところを見ると、世間の関心は高いのだろう。同年代の友人や知人が話しているのを聞いたこともある。

家のことは妻に任せきりで、妻がいなくなると、預金通帳やキャッシュカード、印鑑がどこにあるかわからないという男性は少なくない。実際、その手の話はよく耳にする。

夫婦といえども資産のすべてを共有し、把握しているとは限らない。むしろ夫か妻、どちらかが主導して管理していることのほうが多いだろう。管理を担っているほうが先に亡くなれば、残されたほうは生活が立ち行かなくなってしまう場合もある。

妻に先立たれた80代の男性が、現金や預金通帳の置き場所がわからず困ったという話を聞いたことがある。彼は自分が生命保険に入っているかどうかも把握しておらず、息子夫婦を巻き込み、一家総出で家の中を探した結果、土地の権利書や保険証書はなんとか見つかったものの、現金の置き場所や、預金がどこの銀行にいくらあるのかはわからずじまいだったというのだ。

僕の場合、資産管理はすべて公認会計士に任せてあるが、そうでない場合は、万が一に備えて、金融機関名や口座番号、加入している保険商品や保険会社名など、必要最低限の資産情報は家族で共有しておくべきだ。借り入れや住宅ローンが残っていたり、誰かの保証人になったりしていれば、なおさら伝えておかないとトラブルのもとになりかねない。できれば、一覧にして残しておけば安心だ。

最近はインターネット銀行やネット証券で取引をしている人も増えているが、IDやパスワードがわからないとその分を相続することができない。これは動画や音楽の配信サービスなども同様だ。アクセスしないまま解約せずにいれば、自分がいなくなったあとも支払いが続いていくことになってしまう。

もうひとつ伝えておくべきなのが、自分に万が一のことがあった場合の連絡先だ。

配偶者の交友関係をすべて把握しておくことは難しい。学生時代の友人、勤めていた会社の同僚、趣味のサークルの友人など、知らせてほしい相手の連絡先を書き出し家族に渡しておく。スマートフォンの住所録に登録しているなら、パスワードを伝えておく。そうしないとロックの解除ができないため、専門の業者に解析を頼まねばならず、時間も費用もかかってしまう。

墓や葬儀のことまで細かく自分の希望を伝える人もいるらしいが、資産情報と連絡先、僕はこれだけ押さえておけば十分だと思う。残された家族が困ることだけは防げる。

死ぬ間際まで、楽しく生きたい

僕にとって「死」というのは、生きるのが終わること。あの世があるなどとは思っていないし、死んだらそこですべて終わりだと思っている。だから、生きている間、どう精一杯生きるかということが大事なのだ。今はそれしか考えていない。

これからも元気でいる限りは仕事を続けていきたいと願っている。「お休みがなくて疲れませんか?」とよく聞かれるが、やりたいことをやっているので、疲れを感じることはない。僕は溜め込まない性分なので、不満があればすぐに娘や友人に電話して発散してしまう。くよくよと気に病んだりしないので、ストレスを感じることもないし、少しでも体の調子が悪いと感じたら、主治医に診てもらえばよいので心配はいらない。

とはいえ、第1章でも述べたように、87歳なりの衰えは避けられず、知らず知らずのうちに周囲に迷惑をかけていることもきっとたくさんあるだろう。僕は空気を読むのがあまり得意ではないので、それゆえの失敗も数々ある。

それでも、ここまできたら、果たしてどこまで仕事を続けられるかチャレンジしてみたい。その思いは80歳を過ぎてから年々強くなっている。「これはいよいよ引き際かもしれないな」と、引退を決断するようなときは僕には訪れないと思っている。気力だけは、フリーランスのジャーナリストとして仕事を始めた40代の頃と変わっていない。

僕が無理をしすぎて暴走しないよう、ときには戒めながらそばでサポートしてくれる家族の存在には心から感謝したい。

おわりに

老いゆえの失敗も含め、87歳、等身大の自分について赤裸々に語ったつもりだが、読者の皆さんはどのように受け止められただろうか。

年をとれば滑舌は悪くなるし、耳も遠くなり物忘れも多くなる。しかし、年をとればとったなりの変化が訪れるのは当たり前だ。だから、僕は少しも悔しくない。堂々と老いればいいのだ。

僕自身、人に誇れる生き方をしてきたとは思わない。

本書で紹介したように、失敗も数え切れないほどある。多くの人に迷惑をかけてきたに違いない。そんな僕が誇れることがあるとすれば、好きなことに全力投球で臨んできたということだ。

だからこそ、失敗と同じくらいの達成感や喜びを得ることができた。

老後は寂しい、老後はつまらない、と嘆いている人に言いたい。やりがいも生きがいも、決して誰かが届けてくれるものではない。孤独を抜け出し、張りのある毎日を送るためには、まずは自分が動き出すしかないのだ。

働くのもいい。何かを勉強し直すのもいい。高齢になってからの仕事や学びには、現役時代には得られなかった糧《かて》がある。

例えば、若い頃に読んだ小説をリタイア後にもう一度読んだとしよう。感情移入したり、共感したりする箇所が若い頃とは異なるのはよくあることだ。「年をとると、こんなことが胸に響くのか」「昔は気づかなかったなあ」など、新たな感情に出合えたら面白いではないか。

そうした小さな発見を積み重ね、たとえ肉体は老いても、精神の成長は止めない。「堂々と老いる」とはそういうことだ。

僕には死ぬまで訴え続けようと決めていることが3つある。

ひとつ目は、体を張ってでも言論の自由を守ること。民主主義社会で何より重んじられるべきものが言論の自由だからだ。ふたつ目が、野党を強くすること。政権交代が起きるかもしれないという危機感を与党に抱かせれば、政治に緊張感が生まれる。それによって、現政権の怠慢や横暴を食い止められるはずだ。

そして3つ目が、日本を絶対に戦争をしない国にすることだ。これは、戦争がいかに悲惨なものかを知る最後の世代としての僕の使命でもあるのだ。

この3つが実現し、維持されていれば日本はもっとよくなると信じている。生きている限り、僕はこの国をよくするために尽力したい。そのために最近は若手の政治家とよく話をしている。10年後、20年後、彼らがどういう日本をつくろうとしているのかにとても興味があるし、少しでも力になりたいからだ。

もちろん、ほかにもやりたいことはたくさんある。

中国の習近平国家主席をはじめ、アメリカのジョー・バイデン大統領やカマラ・ハリス副大統領ら、世界を動かす力のある国のトップにインタビューしたいし、堀江貴文さんが手がけているロケット打ち上げ計画に参加し、宇宙を取材したいとも考えている。

まだまだ老け込むわけにはいかないのだ。

老いゆえの短気さから、ときに暴走してしまい、そのつど周囲から戒められながらも、僕はこれからも堂々と生きていくつもりだ。

本書の刊行にあたっては、毎日新聞出版の峯晴子さんとライターの阿部えりさんのお世話になりました。彼女たちの多大な尽力に深く感謝いたします。

田原総一朗

2021年10月

ブックデザイン　鈴木成一デザイン室
写真　髙橋勝視（毎日新聞出版）
編集協力　阿部えり
校正　ゼロメガ
DTP　センターメディア

田原総一朗　たはら・そういちろう

1934（昭和9）年、滋賀県生まれ。1960年、早稲田大学卒業後、岩波映画製作所に入社。1963年、東京12チャンネル（現・テレビ東京）に開局の準備段階から入社。1977年、フリーに。テレビ朝日系「朝まで生テレビ！」「サンデープロジェクト」でテレビジャーナリズムの新しい地平を拓く。1998年、戦後の放送ジャーナリスト1人を選ぶ城戸又一賞を受賞。早稲田大学特命教授と「大隈塾」塾頭を務めた（2017年3月まで）。「朝まで生テレビ！」（テレビ朝日系）、「激論！　クロスファイア」（BS朝日）の司会をはじめ、テレビ・ラジオの出演多数。著書に『創価学会』『脱属国論』（井上達夫氏、伊勢﨑賢治氏との共著）『公明党に問う　この国のゆくえ』（山口那津男氏との共著）（いずれも毎日新聞出版）、『戦後日本政治の総括』（岩波書店）、『日本人と天皇　昭和天皇までの二千年を追う』（中央公論新社）、『日本の戦争』（小学館）ほか多数。

堂々《どうどう》と老《お》いる

第1刷　2021年11月30日
第2刷　2021年12月5日

著者　田原総一朗《たはらそういちろう》

発行人　小島明日奈
発行所　毎日新聞出版
〒102-0074
東京都千代田区九段南1-6-17　千代田会館5階
営業本部03（6265）6941
図書第二編集部03（6265）6746

印刷・製本　中央精版印刷

ISBN978-4-620-32711-2